Illustration／KUMO

プラチナ文庫

Platinum Label

くろねこ屋歳時記《クロニクル》

壱の巻

椹野道流／くも

"Kuronekoya Chronicle Ichi no Maki"

presented by Michiru Fushino／Kumo

プランタン出版

目次

※本作品の内容はすべてフィクションです。

その1

くろねこ屋へようこそ／ナズナ編

「はあ……。どうしよう」

通りを重い足取りで歩きながら、「彼」は思わず呟《つぶや》いた。

今年の三月、高校を卒業してすぐ、彼は親元を離れてこの街にやってきた。駅前の老舗ホテルへの就職が決まっていたからだ。

それから三ヶ月。初めての一人暮らしにも仕事にもようやく慣れてきたというのに、五日前、彼が勤めるホテルの廃業が突然決まった。理由は、母体である建築会社の経営悪化だそうで、いわゆる巻き添え倒産である。

ほぼすべての従業員が寝耳に水で、普段は落ちついた雰囲気の老舗ホテルが、上を下への大騒ぎとなった。

そして一昨日、彼は呆気《あっけ》なく解雇された。無論、あと数ヶ月は基本給が支払われるそうだし、立派な推薦状も上司から渡されたが、職を失ったことに変わりはない。

(職探し……しなきゃなんだけど)

さっき、ハローワークに行き、いくつか仕事を斡旋《あっせん》してもらったのだが、まだ失業のショックを引きずっていて、どうにも気が進まない。

しばらくはアルバイトでもしてみようかと、彼はあちこちの店の前に貼り出された求人の張り紙を眺めながら、あてどもなく歩いていた。

就職してからはずっと仕事三昧だったので、平日の昼間に下宿近くの街を散策するのは初めてのことだ。

この地区のメインストリートにあたるらしき広い通りは、わりに賑《にぎ》わっていた。近くには有名な神社があるそうなので、買い物客だけでなく、参拝者もいるのかもしれない。

「……ん？」

視界にふと気になるものが映って、彼は足を止めた。店舗の間にある細い路地の入り口に、小さな立て看板が置かれている。

（何だこれ。やる気、あんのかな）

よほど視線を下に向けて注意していないと見逃すほどのサイズで、しかも、恐ろしく愛想がない。

路地の奥を指さす手のマークがいちばん上に描かれ、その下には「くろねこ屋」という店舗名が、上手《うま》いのか下手なのかわからない奇妙な字体で書かれているだけだ。

「これじゃ、何の店かもわかんないじゃないか。……あれ？」

半ば呆《あき》れてその潔すぎる看板を見ていると、下の方に、これまた小さな紙切れが貼り付けてあるのに気付いた。そこには、しゃがまないと読めない大きさの手書き文字で、「スタッフ募集」と書いてあった。毛筆のやけに流麗《りゅうれい》な字体が、むしろ胡散臭《うさんくさ》い。

「こんなところに、こんなにちっちゃく書いて、誰が見るんだよ。……いや、僕が見ちゃったけど」

とても本気で求人しているとは思えないその紙切れに、彼の目は、何故か釘付けになってしまった。

興味を惹《ひ》かれたというより、奇妙に心がざわめいたのだ。

(気になるなあ……こんなに怪しいのに)

理性は「やめておけ。こんないい加減な求人をする店なんて、どうせろくな勤め先じゃない」と窘《たしな》めているのに、見えない手に、「行こうよ、あっちだよ」とぐいぐい背中を押されてでもいるように、勝手に身体が動いてしまう。

いったい何の店かもわからぬままに、彼は路地へと足を向けた。

どうせ無職の身、時間だけはたっぷりあるのだ。

気になるなら、行くだけ行ってみればいい。

店を見て、よさそうならとりあえず店主と話し、条件が合えばしばらく働いてみればいいし、駄目ならやめればいいだけの話だ。

そう考え、彼は呑気《のんき》な足取りで歩き始めた。

細い薄暗い路地を抜けると、表通りの喧噪《けんそう》が嘘のように、静かで穏やかな別世界が広がっていた。

そこは、閑静なお屋敷街だった。道路の両側に並ぶ家々はやたら敷地が大きく、建物も立派で古そうなものばかりである。

「こんなところに……店があるのかな」

呆然《ぼうぜん》と立ち尽くす彼の前に、またあの無愛想な看板があった。今度は通りを右に行けと、あの上手いのだか下手なのだかわからない手の絵が示している。

思い出したように距離を空けてぽつぽつと置かれた看板に導かれ、彼は半ばムキになって歩き続けた。こうなったら、店の正体を確かめずに諦めるわけにはいかないと思ったのだ。

歴史のある町並みなのだろう、道路は幅がまちまちで、酷《ひど》く入り組んでいる。何度も中途半端な角度で道を曲がり、しばらくまっすぐ行って、今度は左。次は右。そして、ついにとある立派な邸宅の門前に、またしてもくだんの看板があった。

だが他の看板と違い、今回は「喫茶と雑貨　くろねこ屋　奥へどうぞ」と書いてある。

そこでようやく彼は、目指す「くろねこ屋」が、「喫茶と雑貨」の店だと知った。

木戸は開いているが、そもそも、こんな立派すぎるお屋敷の中に店舗があるなど信じがたい。

「凄《すご》いとこに来ちゃった。何かの間違いじゃないのかな。……でも、確かに看板があるし」

どうにも敷居が高いが、ここまで来たのに引き返すのも悔しい。彼は思い切って、時代劇では家老クラスが住んでいそうな、壮麗な門を潜《くぐ》った。

「わあ！」

目の前にあるのは、手入れの行き届いた日本庭園と、立派な純和風邸宅だった。

急ごしらえではなく、長い年月をかけて今の姿になったことがわかる、枝振りよくどっしりした松や紅葉の合間に、絶妙な間隔で、様々な大きさの踏み石が配置されている。

その先に見える「お屋敷」も、そのまま時代劇に使えそうな壮麗な建築である。ごく緩やかな丸みを帯びた黒い瓦《かわら》屋根と、真っ白な漆喰《しっくい》塗りの壁が、眩《まぶ》しいほど鮮やかなコントラストを成している。

「すっごい……」

誰もいないのをいいことに、彼はひときわ大きな踏み石の上で立ち止まり、周囲をキョロキョロ見回した。

そして、ふと足元に視線を落とした彼は、駄目押しにもう一つ看板が置かれているのに気付いた。

そこには左を指さす手と、「くろねこ屋　こちらへどうぞ」と書かれていた。どうやら、正面にある立派な邸宅が店ではないらしい。

「なんだ、そうだよな、こんなお屋敷で喫茶店なんてありえないよ。左側か……って、うわあ！」

看板に従って左に視線を向けた彼は、また驚きの声を上げてしまった。

邸宅の左手、やはり飛び石が延々と続いた先には、実にクラシックな洋館があったのだ。

おそらく、和風邸宅のほうが母屋、洋館が離れという位置づけなのだろうが、洋館のほうも十分に時代がかって、立派な代物だ。

「あれが……喫茶店……？」

彼は、ふらふらと誘われるように踏み石を辿《たど》り、そちらへ歩いていった。

洋館のエントランスのドアノブには、「くろねこ屋　営業中」と書かれた黒い木札が引っかけられている。

観音開きの扉は木製で、上半分に美しい藤の模様のステンドグラスが嵌《は》め込まれていた。

扉を開くと、思ったよりこぢんまりしたエントランスになっている。

床はモザイクタイル張りで、壁や天井は漆喰で白く塗られている。天井から下がっているのは、ごくシンプルな半球状の照明だ。

エントランスの左手に、部屋へと続く重厚な木の扉があった。飴《あめ》色の木肌と真鍮《しんちゅう》の取っ手に、長い歳月を感じる。

キイィ……。

手入れがいいのか、思ったよりも軽く、しかしわずかに軋《きし》みながら扉は開いた。

「…………！」

目の前の明るい景色に、彼は目を見張って立ち尽くした。

そこは、広いホールになっていた。

天井は高く、やはり美しい蔦《つた》や小鳥模様の漆喰細工が施されている。

ホールの一面には庭に面した大きな掃き出し窓が並んでおり、そこからレースのカーテン越しに、大陽の光が優しく差していた。おかげでホール内は、照明なしで心地よく明るい。

窓に対する壁面はバーカウンターになっており、奥には大きな暖炉を挟んで、二階へ続く階段と、おそらくは厨房へ向かうのであろうシンプルな扉があった。

（ああ……。喫茶店っていうより、カフェなのかな。それも凄く高級なカフェ。で、これが雑貨か）

気付けば入り口レジの近くにとても立派な木製の棚と丸テーブルが設置され、そこに所せましと雑貨が置かれている。

雑貨といっても、種類は色々だ。真鍮の燭台《しょくだい》があるかと思えば、グラスやティーカップといった食器や、動物の置物もある。陶製の指ぬきや美しいボンボニエール、その他の玩具や生活雑貨の類《たぐい》もごちゃ混ぜで並べてある。

まるでカオスだが、それでも、雑然とした中に、不思議な統一感があった。

その雑貨コーナーでは、店員とおぼしき男性が、品物の手入れをしていた。

「あのう……」

「！」

彼が恐る恐るその背中に声をかけると、男性は振り返り、彼を見るなり布と品物を置いて、恭しく頭を下げた。

「大変失礼致しました。いらっしゃいませ」

ホテルで仕事をしていた彼が呆気にとられるほど、折り目正しい、完璧な角度のお辞儀だった。笑顔が微笑未満のごく淡いものなので、やや堅苦しい感じはするが、不思議と冷たい印象は受けない。

「あ……えっと」

呆然としている彼に、男性は少し困った様子で、それでも慇懃《いんぎん》に訊《たず》ねた。

「雑貨をご覧になりますか。それともお茶を？」

おそらく、年齢はまだ三十前だろう。端整かつ真面目そうな顔立ちで、メタルフレームの眼鏡がよく似合っている。

細身だが決して華奢《きやしゃ》ではない骨太の身体つきをしていて、真っ白のパリッとしたシャツに黒いパンツと、同じく黒の長いソムリエエプロンを身につけ、細めのネクタイをきっちり締めている。

まさに「ザ・清潔感」という雰囲気のその人物は、彼を客と信じて疑っていない。言いづらそうに、彼は思い切って切り出してみた。

「違うんです。あの……表通りを歩いてたら、ここのお店の看板があって」

「……はい?」

男性はほんの三センチほど首を傾《かし》げ、じっと彼を見る。身長差があるので軽く見下ろされ、彼は若干萎縮しつつも説明を試みた。

「そんで隅っこに、『スタッフ募集』って。気になって、それで来てみたんです」

「ああ、なるほど」

それでようやく、彼が客ではないと気付いたらしい。小さく頷《うなず》いた男性は、チラと店内を見回すと、「では、こちらへ」と彼を無人のカウンター席へと誘った。

広いホールには客が一組がいるだけで、彼らとカウンター席とはだいぶ離れている。話し声がそこまで届くことはないだろう。

（何もわかんないまま来ちゃったんですけど……って、言い損ねたな）

彼は戸惑いながらも言われるがままに、端っこの席に腰を下ろした。

彼が勤めていた老舗ホテルのバーと比べても遜色ない重厚なカウンターと、臙脂《えんじ》色のベルベット張りの木製のハイスツールである。

建物の外観と違《たが》わず、店の内装もクラシックで落ち着いた雰囲気だ。ダークな色合いの家具は、すべてオークかマホガニーだろう。

天井からは、スズランの花のような愛らしいシェードのシャンデリアが三つ下がり、壁のあちこちにも、同じシェードの小さな灯《あか》りが取り付けられている。

テーブルは四人掛けのものが全部で六つ、十分な空間を取って配置されていた。木製の椅子は優しいカーブが印象的なデザインで、ゆったりもたれてくつろげそうだ。

掃き出し窓の外には、こぢんまりした庭がある。さっきお屋敷に入ってきたときの和風庭園とは違い、洋風の庭のようだ。

その反対側、カウンターの向こうの棚には、色々なリキュールのボトルや、雑貨コーナーにあったような可愛《かわい》い小物類が、驚くほどの等間隔できっちり並べてある。

（凄く素敵な店だな。こんな店が、お屋敷の敷地内にあるなんて……どういうことなんだ

ろう）

控えめなボリュームで流れるクラシック音楽を聴きながら、彼がぼんやりと考えを巡らせていると、いったん奥の厨房へ行っていたさっきの男性が戻ってきて、彼の隣のスツールに浅く腰を下ろした。

「改めて、はじめまして。ここの店長を任されているヒイラギです」

落ち着いた声で慇懃に挨拶され、彼も慌てて頭を下げた。

「はじめましてっ！　あ、あの、僕は」

「ああ、君の名前はここでは口に出さなくていい。必要ないんだ」

「……は？」

店長……ヒイラギの言葉の意味がわからず、彼はキョトンとしてしまう。だがヒイラギは、そんな反応を無視して、片手を出した。

「それで今日は、履歴書など持って来てくれただろうか」

「あっ、は、はい、ここに！　あ、あとこれ、前の職場からの推薦状です」

どうやらいきなり、就職面接が始まってしまったらしい。

（まだ、勤務条件も聞いてないのに。だけど、もうここまで来て躊躇《ためら》っても仕方ないか）

彼はバッグを探って、さっきハローワークでも提示したばかりの書類一式を出し、ヒイラギに差し出した。それを受け取って素早く目を通し、ヒイラギは気の毒そうに彼を見た。表情はあまり動かないが、眼鏡の奥の眼差しは意外と雄弁だ。

「なるほど、あのホテルか。廃業のニュースは新聞で読んだ。災難だったな」

「はい。凄く残念です」

「歴史のあるホテルがなくなるのは、いかにも残念だ」

「はい」

「残念、だな」

それきり会話が途絶えてしまい、気まずい沈黙が落ちる。どうやらこのヒイラギという人物は、あまり語彙《ごい》が豊富なタイプではないらしい。

質問されていないのにベラベラ喋《しゃべ》るわけにもいかず、かといって妙な間にも耐えかねて、彼が口をモゴモゴさせ始めた頃、ヒイラギは、不意にこう言った。

「この店は、『くろねこ屋』という」

「は、はい」

さんざん見た看板の文字を思い出し、彼は頷く。ヒイラギは淡々とした口調で、この店について説明を始めた。

「名前の由来は、オーナーの飼い猫だ。黒猫で、シラーという。今は散歩に出ているようだが、普段は店に常駐している。居場所は、主にこのカウンター席だ。たいてい左端のスツールにいる。毛は短くて艶《つや》やか、普段はあまり鳴かないが、自己主張は強い」

「は……はあ」

大真面目に猫について語るヒイラギに、彼は目を白黒させて曖昧な相づちを打つ。

「この店のオーナーは、ネコヤナギさんという方だ。お屋敷の主《あるじ》で、普段は母屋に住んでいる。アンティークショップを経営しているので、買い付けのために外国へ行き、不在であることが多い」

「あ、もしかして、さっき入り口あたりに置いてあった雑貨って」

「そう。オーナーが趣味で買い付けた、カジュアルな品ばかりだ。新しいものも、古いものも混在しているが、手頃な値段のものが多い」

「へえ……」

「そもそもこの店は、オーナーが好きなときに美味《おい》しいコーヒーを楽しめるよう作られた。まあ、ある意味趣味の店だな」

「オーナーのためだけの……お店なんですか？　でも、お客さんが……」

戸惑う彼に、ヒイラギはニコリともせず頷いた。

「オーナーが不在の間、閉めておくのも勿体《もったい》ないから、こうして一般にも開放しているんだ。ただ正直、そういう店の性質上、千客万来という状態を望んではいない。だから、案内は多少不親切にしてある」

「ああ……なるほど」

多少どころじゃないと思いますが……という言葉を危うく飲み込んで、彼はあの小さな看板のことを脳裏に思い浮かべる。

ヒイラギは、うっかり眠くなりそうな平板な口調で、しかしとてつもなく生真面目に話を続けた。

「ところで今、オーナーは不在だ。人事に関しては俺に一任されているので、君の採用については俺の裁量で、ということになる」

「は、はい」

いきなり話が採用のことに飛んで、彼は慌てて背筋を伸ばした。奇妙な成り行きではあるが、想像もしなかった素晴らしい環境ではあるし、このヒイラギという店長も、なかなかユニークな人柄らしい。

（ここで採用してもらえるなら、働いてみたい気がしてきた……）

本当は、単に様子見のつもりだった……という事実は敢《あ》えて告げず、彼はやや緊張してヒイラギの裁定を待った。

そんな彼をじっと見ながら、ヒイラギはやはりあっさりと、思いもよらない台詞を口にした。

「しかし残念ながら、俺には人を見る目がない」

「は？」

面食らって目をパチパチさせる彼に構わず、ヒイラギは言葉を継いだ。

「君がここの店員に向いているかどうか、判断する能力が俺にはない。だから、面接は別の人間に……」

「はいはい、わかってるよ。それは僕のお役目、でしょ」

背後からもの柔らかな声がして、彼はギョッとして振り返った。気配も物音もまったく感じなかったのに、そこには驚くほど美しい容姿の男性が立っていた。

ヒイラギと同じくらいの年齢だろうか。緩いウエーブのかかったやや長めの栗色の髪に、雪のような色白の顔。色彩的にはビスクドールのようなのに、顔立ちは日本人形に似て、はんなりと優しげだ。

柳葉のように優美な形の目や、筆ですっと書いたような鼻筋や、いつも笑っているような淡く色づいた唇が、何ともミステリアスな美貌を形作っている。

その笑顔に見とれ、魂を抜かれたようになってしまった彼の前に、その麗人はティーカップと皿を置いた。

紅茶のいい匂いが、鼻をくすぐる。カップと皿はお揃《そろ》いで、しかもたぶんアンティークの高価なものだ。皿の上には、美味しそうなパイが乗っている。

「あの、これ……」

「まずは、うちの店の味を知ってもらわないとね。せっかく来てくれたんだもの」

顔立ちにぴったりのやわらかな声でそう言って、美しい男性はヒイラギに向かって片手をヒラヒラさせた。

「ほらヒイラギ、交代してよ。お客様が、コーヒーのお代わりをご希望だから」

「ああ、わかった。では頼む。俺は異存なしだ」

そう言うと、ヒイラギはサッと席を立ち、カウンターの向こうに戻っていった。くだんの美人は、その後に優雅な動作で腰掛ける。

「僕は、副店長のシロタエ。よろしくね。ああ、まずは食べて。甘い物は平気？」

「大好きです。えっと……じゃあ、いただきます」

遠慮しても仕方がないので、彼は素直に両手を合わせた。

「本日のお勧めスイーツ、レモンメレンゲパイだよ。紅茶はニルギリ。お茶は好き？　コーヒーのほうがよかった？」

説明と質問を一緒にされて、彼はフォークを持ったまま、かぶりを振った。

「紅茶は好きです。コーヒーも飲みますけど、ええと、基本的に、好き嫌いはないです」

そんな朴訥《ぼくとつ》な答えに、麗人……シロタエは笑みを深くする。

「そう。ニルギリでよかった？　色は濃いけど、さっぱりした味だから、このお菓子にはよく合うと思って選んだんだよ」

「え、ええと……。に、にる……ぎり……？　すみません、僕、ティールームに研修配属される前に勤め先のホテルが廃業してしまったので、あまり紅茶の種類とか、お菓子とかには詳しくないんですけど」

正直に告白した彼に、シロタエは、「いいのいいの」とからりと笑った。

「そんなことは、店で働いていれば、おいおい身に付く知識だからね。じゃあ、飲んで、食べてみて。素直な感想が聞いてみたいな」

促されて、彼は緊張しつつパイにフォークを入れた。

いちばん上の層は綺麗な焼き色のついたふわふわのメレンゲ、真ん中が鮮やかな黄色のねっとりしたレモンカスタード、そしていちばん下には、カリッと焼き上がったタルト生地が敷き込んである。

すべての層を一度に口に入れると、それぞれ違う食感が楽しく、タルトの香ばしさとレモンカスタードの酸味、メレンゲの控えめな甘さが適度にせめぎ合い、混じり合うのがわかった。

とても軽やかで、そのくせコントラストが強いので、満足感のあるお菓子だ。

「美味しい！　あ、すいません、気の利いたこと何も言えなくて」

素朴すぎる感想しか言えず恐縮しきりの彼に、シロタエは嬉しそうにかぶりを振った。

「サービスする側としては、『美味しい』がいちばん聞きたい言葉だよ。よかったら、紅茶はストレートでどうぞ」

促されて、彼はティーカップにも口をつけた。レモンパイの鮮烈な味にさりげなく寄り添う、スッキリした風味の紅茶だ。

「お茶も美味しいです。とっても。……口に入れてからも、香りが鼻に抜ける感じがします。ちゃんと淹《い》れた紅茶って、こんなに香るんですね」

するとシロタエは、芝居がかった仕草で胸に手を当て、軽く頭を下げた。

「ありがとう。紅茶は僕の担当なんだ。そう言ってもらえて光栄だよ。……ところで君、本当はここが何の店かわからずに来たんじゃない？」

唐突に腹の底を見透かされ、彼はパイに噎《む》せそうになりながらもどうにか飲み下し、ガバッと頭を下げた。

「は、はい。すいません！　偶然看板を見て、どんな店だろって……それだけの気持ちで、つい」

「謝ることはないってば。でも、ここが気に入った？」

「はいっ。凄く。あの……僕、こういう店での勤務経験はないんですけど、働いてみたいって思います」

探るように顔を覗《のぞ》き込まれ、彼はドギマギしながらもハッキリ頷いた。するとシロタエは、うんうんと何度か軽く頷いた。

「そう。それは素敵。こういう店だからね。店員は誰でもいいってわけじゃない。あそこまでわかりにくく求人しておけば、この店によほど縁のある人しか来ないだろうって、オーナーが看板にあの張り紙をしたんだけど、正解だったみたいだね」

「……は、はあ……」

どうも、与えられる断片的な知識だけでも、この店のオーナーは相当な変わり者らしい。ヒイラギが置いていった履歴書と彼の顔を見比べ、シロタエはいかにも面接試験らしい質問をした。

「ホテルでは、どんな仕事を？」

「研修の最初の仕事として、ベルボーイをしていました。三ヶ月だけですけど」

「なるほど。正統派ホテルマン修行だね。それで姿勢がいいんだ。それに、さすが老舗ホテルの元従業員だけあって、凄くいいと思うよ、君のルックス」

「そ……そうですか？」

同性でも、とても綺麗な人に外見を褒められてはどうにもむず痒《がゆ》く、彼はモジモジしてしまう。だがシロタエは、真顔で頷いた。

「うん。清潔感があって、とてもいいよ。特に、その芸術的に短い前髪がいい」

「げっ……げいじゅつ、てき、ですか？」

「うん。可愛いオデコがよく見えるし、ええと、歳は……十九？」

「はい。か、かわいい、おでこ……です、か」

「うん、とっても可愛いし、顔も実年齢よりすこし童顔で、素直な性格がよく出てていいよ。身体が大きすぎないのもいいな。うちはやたら大柄なのがいるから、増やすなら、かさばらない子がいいと思ってたんだ」

「え……えええ？」

困惑しきった彼の口から、情けない声が漏《も》れる。

確かに、彼は決して長身ではない……というかむしろ小柄の部類で、体格もひょろりとしている。童顔も、十分に自覚している事実だ。

だがそうした要素は常にコンプレックスの元であって、まさかこんな風に評価されるとは想像もしなかった。

狼狽《うろた》える彼をよそに、シロタエは満足げに履歴書をポンと叩《たた》いた。

「うん、すっかり気に入っちゃった。ということは、ヒイラギと僕が同意したわけだから、採用決定！　ね、ヒイラギ」

「えっ？　そ、それだけで決定、ですか？」

「……ああ」

カウンターの向こうで、コーヒーを淹れながらヒイラギはやはりあっさりと頷く。すべてにおいて淡泊なリアクションをする人物だ。

それにしても、そんな安易な採用基準でいいのかと思わず確認しようとした彼の手を両手でギュッと握り、シロタエは百合の花のような優美な笑顔で言った。

「嬉しいよ。君みたいな子が来てくれて。いつから働ける？　明日？　明後日？　早いほうがいいんだけど」

どうやら、本当に採用されたらしい。信じられない思いで、しかし急かされるままに彼は答えた。

「あ……あ、えっと、だったら明日、からでも」

「そう。じゃあ、明日までに制服を用意しておくよ。仕事はホールが主で、色々と雑用もしてもらうことになる。いいかな？」

「はい、僕にできることなら、何でも」

「いい返事だね。とりあえず、仕事に慣れるまでの最初の何ヶ月かは見習い。その期間中はアルバイト扱いってことで、給与は時給のほうがお互いのためにいいだろうね。金額は、このくらいでどうかな」

胸ポケットから出したメモに書き付けられた金額に、彼はすぐ頷いた。決して悪くない額だったからだ。

「定休日は、土日。営業時間は午前十一時から午後六時までだから、勤務は午前九時から午後七時まで。お昼とおやつと夕飯つき。勿論《もちろん》休憩時間も十分にあるよ」

「はいっ！　……あ……」

思わずいい返事をしてしまい、彼は赤面した。実は自炊があまり得意でないため、二食おやつつきの条件は、時給よりさらに魅力的だったのだ。

シロタエは、そんな彼を見てふっと笑った。

「うちのご飯は美味しいからね。楽しみにしてて。ああでも、ここの店員になるにあたっては、いくつか条件があるんだ。まあ、たいしたことじゃないんだけど」

「……なんですか？」

さあ来たと、彼は腹に力を入れた。いくら何でも、そう上手すぎる話ばかりではあるまい、最後に悪い条件をさらりと提示して、自分を騙《だま》すつもりではないか……そんな疑念が、彼の脳裏を過ぎった。

しかしシロタエは、相変わらずの柔らかな笑顔で、人差し指を立てた。

「その一。店に一歩入ったら、本名は使わない。僕たちは皆、『くろねこ屋』という非日常空間の構成分子なんだ。わかる？」

「えっと……外の世界を店の中に持ち込むなってことですか？　本名はリアルだから。だからさっき、店長さんが僕に、名前を名乗る必要はないって……」

シロタエは小さく頷く。

「そういうこと。君は飲み込みがいいね。いい子だ。まあ、テーマパークのキャストみたいなものだと思ってくれればいいよ」

「キャスト……」

「僕たちは皆、オーナーから植物の名前をもらってる。彼がヒイラギで、僕がシロタエ。君の場合は、オーナー不在だから、僕かヒイラギがつけるんだけど……うーん。君のイメージに合う花は……」

「ナズナ」

やけにきっぱりした口調で、カウンターの向こうのヒイラギが言った。

「ナズナ?」

彼とシロタエの声がシンクロする。ヒイラギは、こっくりと頷いた。

「ナズナ、すなわちペンペン草……が、非常に似合いそうな気がする」

「……ええー!?」

富士には月見草が似合う……とか書いた作家がかつていたが、君にはペンペン草が似合うと言われても、リアクションに困るところである。

ところが、困惑する彼をよそに、シロタエは納得顔で頷いた。

「うんうん。確かに可愛い花だね。そして、君に似合いそう。よし、それでいこう。じゃあ、これから君はナズナ。いい? このお屋敷の中に入ったら、それ以外の名前はないよ」

「は……はい」

ナズナと名付けられたばかりの彼は、仕方なく頷いた。微妙に釈然としないものの、店長と副店長が強く推す名前に異議を唱えてはいけないような気がしたのだ。

「オッケー。では、条件その二。君には言うまでもないだろうけど、僕たちの役目は、ここに来たお客様に幸せな気持ちになってもらうこと。それを忘れないように」

「はい！」

それは、サービス業に携わる人間にとっては、基本中の基本の心得である。三ヶ月とはいえ、元ホテルマンであるナズナの返事も、つい大きくなった。シロタエは頷き、ちょっと悪戯っぽい笑みを浮かべて、指を三本立てた。

「では、最後の条件。オーナーは面倒ごとがお嫌いだから、僕ら従業員が、お客様に手を出すのは厳禁。大丈夫？」

「も……も、も、勿論ですっ」

そんなことは言われるまでもないとばかりに何度も頷くナズナに、シロタエはクスクス笑いながら立ち上がった。

「君はそんなタイプじゃないとは思うけど、一応きちんと言っておかないと。注意事項は以上だよ。じゃあ、ちょうど店が暇だから、他のメンバーにも紹介しようね。うちには、あと二人いるんだ。こっちへおいで、ナズナ」

「あ、はい」

ごく自然に新しい名を呼ばれ、それがまた妙にしっくり来る。素直に返事をしてスツールから降りた彼……ナズナは、シロタエについてカウンターの奥の扉を通り、厨房に入った。

こぢんまりした厨房は、何とも清潔感溢《あふ》れる場所だった。ステンレスの調理台やシンクはピカピカに磨き上げられ、床のタイルにもゴミ一つ落ちていない。

そして厨房には、二人の男性がいた。

格闘家と見紛《みがま》うほど大柄な男と、物騒なまでに目つきの悪い男だ。

大柄な男は、ヒイラギやシロタエより年上に見え、ごつい身体つきに、いかついが不思議と温厚そうな顔つきをしている。短い髪をターバンでざっくりとまとめ、レンズの小さなセルフレームの眼鏡をかけているその姿は、どこか熊っぽい。

片や目つきの悪い男は、年齢こそ若そうだが、痩《や》せぎすで、やけに剣呑な顔つきをしている。ロックでもやっていそうな殺伐とした雰囲気だ。長髪を後ろで一つに結び、派手なバンダナを頭に巻いている。

二人とも、コック服の上にストライプのエプロンを着けているところを見ると、調理担当なのだろう。

(じゃあ、どっちかがさっき食べたパイを作った人なんだ。でも、どっちもあんな繊細そうなお菓子、作りそうじゃないなあ)

ナズナが心密《ひそ》かに失礼なことを考えていると、シロタエが二人を彼に引き合わせた。

「明日から働いてくれる新人を紹介するね。名前はナズナ。しばらくは見習いで色んな仕事を経験してもらうつもりだから、色々教えてあげて」

「おう。ついに新人が見つかったんか」

大柄な熊男のほうが、作業の手を止めてのっそりと歩み寄ってくる。のんびりした関西《かんさい》弁だ。ゆったりした動作もやはり熊っぽい。

「彼が、パティシェのタンジー。最年長の三十歳。頼れるお兄さんだよ」

「パティシェ？　嘘っ。……って、すす、すいません！」

思わず本音が漏れてしまい、ナズナは小さく飛び上がる。慌てて小柄な身体を小さくして謝る彼に、タンジーは気を悪くする様子もなく頭を掻《か》いた。

「ま、パティシェらしゅうないいて思われても、しゃーないわな。このなりやし。けど、俺がスイーツ担当や。よろしゅうな。わからんことは何でも訊いてくれや。俺も、手伝うてほしいことは言うし」

「は、はいっ。よろしくお願いします！」

どうやら見た目どおり、穏やかで、面倒見のよさそうな人物だ。

その一方で……。

「そして、こちらがフード担当のアマリネ。通称マリ。二十四歳だっけ？　ひとりで調理を担当していて……」

シロタエの紹介途中で、ヒイラギが厨房に顔を出した。

「シロタエ。お客様が紅茶をご注文だ」

「わかった。じゃあ、あとは自己紹介でよろしくね、マリ」

そう言い残して、シロタエはすぐに厨房を出て行ってしまう。

「…………」

だが、目つきの悪い男、もといアマリネは、自己紹介どころか、ジロジロとナズナの全身を見回しているばかりだ。

居心地の悪さにナズナはモジモジするばかりで、見かねたタンジーが助け船を出してくれた。

「こら。凄んどらんとはよ自己紹介したらんかいな、マリ」

するとアマリネは、思いきり舌打ちして肩を竦《すく》めた。

「んなこと言っても、シロタエがあらかた言っちまって、もう追加する必要はねえだろうがよ。こいつが見習い期間で消えたら、自己紹介するだけ損だし……ぐはあッ」

つっけんどんな口調で吐き捨てていたアマリネは、唐突に悲鳴を上げ、額《ひたい》を押さえてうずくまった。物凄い勢いで飛んできた何かが、彼の額にヒットしたのだ。

カランと音を立てて床に落ちたのは、小さなティースプーンだった。そして、それが飛んできたのは……開けっ放しだった厨房の扉の向こうから。

（えっ？　ってことは、ま、まさか、これを投げたのは、ヒイラギさんか、シロタエさんってこと……？）

思わず真相を確かめようと扉のほうに一歩踏み出したナズナの肩に、タンジーの大きな手が置かれた。

「やめとき」

「えっ？　ど、どうしてですか」

「知らんほうがええこともある。それより、マリがダメージから立ち直るまでの間に、厨房ん中を案内しよか。明日から働き始めるんやったら、今日のうちに、どこに何があるか知っとくほうがええやろ」

「あ……は、はい」

「酷ェ……。超酷ェ。どんだけ本気の一撃だっつーの」

何もかも知っているようなタンジーの落ち着き払った言葉に、ナズナはむしろ若干の不安を覚える。しかし、もうここで働くと決めた以上、オタオタしていても始まらない。

アマリネの苦悶《くもん》の声と悪態に軽く怯《おび》えつつ、ナズナはタンジーの後を追った。

こうして、彼、ナズナの「くろねこ屋」見習い店員生活が始まったのだった……。

模範

これ制服ね
はーい
どうですか？
うんうん
いい感じ
服装の乱れは心の乱れ
あの人のように
なっては駄目だよ
ぐりんっ
はいっ！
…
はいって…オマエ…

そうび：ニンジン

マリさん これどこに 置いといたら いいですかぁ?
ああん!?
すいません
そこに 置いとけ
ぐいっ
見りゃ分かんだろ
ごめんなさい
店長が 呼んでるよ
はい
すた すた
にこ
それと マリ…
さっきの 言い方…
どうかと 思うけど?
アンタ明らかに オレにだけ違う顔するよな

とりとめのない話

あの〜店長って
人を見る目がないんですか？
なにそれ自分で言ってたの？
はい…
見る目がないというのか
店長…近っ！
!?
?
相手との距離感が…
ほら
あっ…!
あの調子だから色々と誤解が生まれやすいんじゃない？
全く…
これだから
ちょっとだけ
分かった気がします…

その2

懐に入れた子猫／タンジー編

俺の名はタンジー、三十歳。

カフェ「くろねこ屋」のパティシエとして、二年前の開店時から働いている。

その前は、郷里である大阪《おおさか》の洋菓子店で働いていたが、偶然、俺の作ったケーキを食べた「くろねこ屋」オーナーのネコヤナギさんにヘッドハンティングされ、この街に移り住んだ。

「くろねこ屋」のスタッフは、俺を入れて六人プラス一匹。

ネコヤナギさんや店長のヒイラギを除けば、俺たちは互いのプライベートどころか本名すら知らない不思議な関係だ。

それは、現実世界というしがらみを脱ぎ捨て、「くろねこ屋」という小劇場でそれぞれが店を彩る「花」になるために必要なことなのだ……といういささか恥ずかしい説明は、俺ではなく、ネコヤナギさんの台詞だ。

だが実際、この店にいる間、俺はタンジーという名の、架空の世界に生きるパティシェでいられる。

店での俺は、私生活のゴタゴタとは完全に切り離され、毎日、大好きなスイーツのことだけ考えて生きていればいい……そう思っていた。

あいつに出会うまでは。

その日、午後五時前……。

多忙なティータイムが過ぎ去り、俺は明日焼くケーキの材料を計量していた。

他のことにはわりに大雑把な俺だが、この作業だけには、我ながら驚くほど几帳面だ。

何故なら、どんな素材でも、ほんの少し分量が違うだけで、仕上がりがまったく違ってくるのがスイーツだからだ。

趣味で作るなら、あるいは素人の作なら、味のブレも楽しみのうちかもしれない。だが、プロが店で出すものは、常に安定した味でなくては客の信頼を得られない。

だからこそ、計量中の俺はけっこうな緊張状態にあるらしく、作業が終えると同時に、思わず吐息が漏れた。

「あ。いけね」

アマリネの忌々《いまいま》しそうな声と舌打ちに振り返ると、奴は年季の入ったヤンキー座りで冷蔵庫の野菜室を覗き込んでいた。

「どないした、マリ」

訊ねてみると、アマリネは、空っぽになったプラケースを振ってみせる。

「プチトマトが切れちまった。くそ、中途半端なタイミングで」

「ないと困るやろ。ちっさいもんやけど、プチトマトは大事な彩りやしな」

俺が調理台を片付けながらそう言うと、マリはバンダナの上から頭をボリボリと掻いた。

「そーなんだよなあ。まあ、あと一時間だからたいして客は来ないと思うんだけど、やっぱ不安だな。たかがトマト、されどトマトってな」

ちゃらんぽらんに見えて、実はこういう小さなことにもこだわるアマリネの意外なほど生真面目な性格は、調理人として好ましい。だから俺は、こう申し出た。

「買うて来たるわ。俺、もう暇やし」

するとアマリネは、ホッとした顔で立ち上がる。いつも剣呑な顔つきの男だが、笑うと途端にやんちゃ坊主の顔になる。

「マジ？　すげー助かる。赤と黄色、一パックずつでいいから、頼むわ」

「わかった」

梅雨入りして以来、晴天が続いていたが、昨日からようやく雨が降り始めた。今も、しとしとといかにも六月らしい雨が降っている。俺は透明のビニール傘を持ち、裏口から外に出た。急ぎ足で、近所のスーパーマーケットに向かう。

夕飯の買い物をする主婦たちで、スーパーはごった返していた。指定された二色のプチトマトを買い、俺は早々に撤退することにした。

（お客さんが来て、マリがアワアワしよると可哀想《かわいそう》やしな。はよ帰ったらんと）

買い物をしているわずかの間に、雨足がずいぶん強くなっている。俺はビニール袋を提げ、傘を低めに差して、足を速めた。

まだ外灯が点《つ》くには早いが、雨のせいで辺りは陰鬱な暗さだ。途中、電車の高架下を潜るのだが、そこはひときわ暗い。

そんな場所に高校生とおぼしきブレザー姿の少年が五、六人たむろしているのを見て、俺は眉《まゆ》をひそめた。

（何しとるんやろ、あんなとこで）

少年たちはどうやら、誰かを取り囲んで揉《も》めている様子だった。周囲を憚《はばか》ることのない罵声《ばせい》が気になった俺は、足音を忍ばせ、彼らに近づいた。

高架下のコンクリートの壁に追い詰められているのは、他の高校生たちと同じ制服姿の少年だった。

やや小柄でやせっぽちで、茶色っぽい髪は、少し長め……そう、眼球的な親父のいるくだんの妖怪少年にそっくりだ。

「なあ、あと五万くらいあんだろ？　ケチらずに出せよ」

「金さえ出しゃ、怪我せずに済むんだしさ。簡単な話だと思わねえ？」

少年を取り巻く高校生たちは金を要求しながら、少年の肩や頭を小突いたりしている。どうにも穏やかでない雰囲気だ。

少年は、されるがままに情けなくよろけているが、怯えて動けないわけではないらしい。猫のように鋭い目で自分を取り囲む連中を見回し、やけにふてぶてしい口調で言い放った。

「ないもんはない。ひとり月額一万、計五万の約束だろ？　いきなり追加とか、ちょっと厚かましすぎない？　そもそもが恐喝なんだしさあ、これ。犯罪だよ？」

俺ですら「生意気やな」と感じてしまう口ぶりに、少年を取り囲む連中が冷静でいられるはずがない。皆、口々に声を荒らげ、リーダー格の短髪の少年など、俺に聞こえるほど特大の舌打ちをした。

「いつもいつも、上から目線で口ききやがって。そゆとこがムカツクんだよ。責任とって、金払うか、いっそ死ね！」

（ずいぶん無茶言いよるなあ）

ここまで聞いてしまっては、あっさり立ち去ることなどできそうにない。成り行きを見守る俺の前で、孤立無援の少年は両手をポケットに突っ込み、投げやりに吐き捨てた。

「どっちもヤダ。そもそも、あんたらみたいなバカの言うことをきくのが嫌だし」

（おうおう、正面切ってケンカ売りよる。なかなかやるやないか）

大した力もないくせにしゃーしゃー怒っている勝ち気な子猫を見ているようで、こんな緊迫した状況なのに、俺の口元は勝手に緩んでしまう。

しかし次の瞬間、事態は一転した。

少年の挑発にまんまと乗せられた高校生のひとりが、拳《こぶし》を固めるやいなや、少年の頬《ほお》を勢いよく殴り飛ばしたのだ。

「ッ！」

それでも悲鳴ひとつ上げず、しかしさすがに踏みとどまることはできずに、少年は地面に転がった。身体の大半が高架下から出てしまったので、彼の全身はたちまち土砂降りの雨に濡《ぬ》れていく。

「俺たち、これまで五万円でお前の存在に我慢してやってたんだよ。その五万円分がどのくらいのもんか、この際だから思い知ればいいんじゃねえの！」

他の高校生たちも口々に同意と罵倒の言葉を口にしながら、起き上がれない少年を取り囲んで蹴りつけている。

（……あー、こらアカン）

別に正義漢ぶりたいわけではないし、面倒ごともご免だ。それでも、俺は傘を畳んで壁にもたせかけると、そのそばに濡れないようにビニール袋を置いた。両腕をぐるんぐるん回して身体を解す。

暗がりで巨大なおはぎのようにひとかたまりになっている少年たちに歩み寄ると、俺は少年を寄って集って痛めつけている高校生たちのブレザーの襟を片手でむんずと摑《つか》み、一度に二人、左右にぶん投げた。大袈裟《おおげさ》な悲鳴が上がったが、お構いなしだ。怪我をさせるほど力を入れてはいない。

同じことを三度繰り返すと、すっかり見晴らしがよくなる。目の前にいるのは、胎児のような姿勢でアスファルトの上に丸まっている少年だけだ。

「てめ……な、何だよっ」

さっき少年の頰を殴った、リーダー格とおぼしき短髪の高校生が、尻餅をついたまま俺に嚙《か》みついてくる。

「何でもあれへんけど、多勢に無勢っちゅうんは、見とって気分ええもんやない。今やったら見逃したるし、はよ去《い》ねや」

ある意味不本意なのだが、俺のガタイの良さと顔の厳つさと声の低さと関西弁が組み合わさると、他人に異様な威圧感を与えてしまうらしい。こういうときは、身に備わった迫力がありがたい。余計な諍《いさか》いを避けることができる。

バキボキと指を鳴らしただけで、高校生たちは俺を罵りながら逃げて行った。ガキのくせに恐喝なんてケチなことをするだけあって、骨のない連中だ。

俺は、小さく嘆息して、まだ動かない少年に歩み寄った。

「派手にやられてもうたな。大丈夫か？　立てるか？　……おわっ！」

少年の傍《そば》にしゃがみ込み、声を掛けながら肩に触れようとした瞬間、俺は驚きの声を上げて尻餅をついてしまった。

「触んなっ！」

そう言うが早いか、少年が滅茶苦茶《めちゃくちゃ》に腕を振り回したからだ。彼の手が物凄い勢いで俺の鼻先を掠《かす》めたと思うと、俺の顔面から眼鏡が剝《は》ぎ取られる。

「！」

可哀想な眼鏡は見事に吹っ飛ばされ、側溝にボチャンと落ちた。

「……あ……」

身を起こした少年は、それに気づき、ハッとした。

「あ……ご、ごめん」

意外と素直な謝罪の言葉が、その口から飛び出す。

「いや……ええよ。急に触った俺も悪かったしな」

唖然《あぜん》としていたせいもあるが、少年の気まずそうな顔を見ていると怒る気もせず、俺は立ち上がって側溝を覗いた。

「……あー……」

昨日からの雨のせいで、普段は干上がっている側溝が、今日は濁流だ。俺の愛用の眼鏡は、もう影も形もなくなっていた。

「行ってもた」

思わずこぼれた間抜けな言葉に、足を引きずりながらやってきた少年も、小さな肩をすぼめ、もう一度俺に謝った。

「マジでごめん。わざとじゃなかった。その、ちょっとビックリして」

「わかっとる。それより、大丈夫なんか」

もう取り戻せないものに執着しても仕方がない。俺は少年に向き直った。

全身濡れそぼち、髪はグシャグシャ、制服はドロドロ、顔や手の見えるところは擦《す》り傷や痣《あざ》だらけだ。たぶん見えないところも、似たような状況だろう。

「ん……。何かあちこち痛いけど、平気」

「それは平気と違うやろ」

呆れてそう言うと、少年は鬱陶しそうに両手で髪を後ろに撫《な》でつけながら俺を上目遣いに見た。

「平気だよ。生きてるもん。ってか、あんたまでびしょ濡れだし、眼鏡もなくなっちゃったし。あんたこそだいじょぶ？」

後半は誰のせいだと言ってやりたかったが、俺はそこには触れずに頷いた。

「軽い遠視やねん。別に眼鏡がのうても、死ぬ程困るっちゅうわけやあれへん。ちょー待っとれ」

俺は荷物を取ってきて、傘を開いた。少年も傘に入れてやる。

「家、近いんか？」

「んー。凄く遠くはないけど、電車乗る」

やはりアンニュイな口調でそう言いながら、少年は服についた泥を払い落とそうとした。しかし、粘る泥を塗り広げ、手までさらに汚してしまって、膨れっ面になる。

ふてぶてしいくせに、こういうところが鈍臭くて放っておけない。俺は溜《た》め息をついて口を開いた。

「そんなきちゃない格好で電車なんか乗られへんやろ。しゃーないな、店来るか？」

少年は、少し驚いた様子で目を見張る。

「店？　あんたの？」

「正しくは、俺が勤めとる店や。こない肌寒い日に、いつまでもびしょ濡れでおったらアカン。せめて拭《ふ》かんと風邪引くで」

「……お互いにね」

どうやらこの猫っぽい妖怪少年は、他人に恩を売られたり、自分を弱く見られたりするのが極めて嫌いらしい。いかにもティーンエイジャーらしい意地の張り方に苦笑いして、俺は言った。

「その通りや。立ち話しとる間にも身体が冷えてきよるわ。……行こや」

「しょーがないな。ほんじゃ、眼鏡のお詫《わ》びに付き合う。あっちのほう？」

あくまで偉そうな口ぶりでそう言い、少年は先に立って歩き出す。

いい加減、腹を立ててもいいような態度なのだが、必死で虚勢を張っているのがミエミエ過ぎて、かえって可哀想になってくるから不思議だ。

「あっちや。ほれ、傘から出んな」

「もう意味ないよ、そんなの」

「気は心て言うやろが」

「何それ。意味わかんない」

憎まれ口しか叩かないくせに、素直に傘には入ってくる。それがますます実家で両親が飼っている猫っぽくて、俺は妙に愉快な気持ちで少年を連れ、店に戻った。

すっかり遅くなってしまったせいで、裏口から入った俺たちを、アマリネは凶悪な形相で迎えた。

「おい、遅ぇぞ、タンジー。プチトマト買うのに、何十分かかってんだよ。……って何だ？　ガキまで買ってきたのか？」

「いや。こいつは拾ったんや。買ってきたんはプチトマトだけやで。遅うなってすまん」

「いや……ま、いいけどよ。よく見りゃ、二人ともずぶ濡れだし、そいつは何だか血みどろだし。とにかく、ちょい待て。汚れが広がるから、そっから一歩も動くなよ！」

そう言うと、アマリネはバタバタと厨房を出て行った。やはり見てくれに反して、根は親切な男だ。

ほどなく、ヒイラギとシロタエ、そしてナズナがぞろぞろとやってくる。

「あらら。マリが大袈裟に言ってるのかと思ったら、ホントに酷いね。店を閉めたばかりでちょうどよかった。ね、ヒイラギ」

シロタエがそういうと、ヒイラギはいつものポーカーフェイスで頷いた。いきなり部外者を連れて戻った俺を、咎《とが》めるつもりはないらしい。

「シロタエ、彼に何か熱い飲み物を。俺はタオルを取ってくる。ナズナとマリは、店内の掃除を始めてくれ。タンジーとそこの君は、もうしばらくそこで待っていてほしい」

何が起こってもわりと平常心のヒイラギは、テキパキと指示を飛ばすと踵《きびす》を返した。さすが店長、頼りになる男だ。

ナズナもアマリネも、少年を気にしつつも、逆らうことはせずホールへ出て行く。

シロタエは、少年の前に屈《かが》み込むと、いかにも子供に対するような笑顔でこう言った。

「コーヒーと紅茶、どっちが好き？」

さすがに、誰でも驚くほどの「美人」に問いかけられては、悪童ぶりも影をひそめるらしい。少年は、やけにしおらしく答える。

「えっと……ミルクティ」

「わかった。少し待っててね」

優しく言うと、シロタエも飲み物を作るべく、カウンターへ行ってしまう。後には、俺たちだけが残された。少年は、胡散臭そうに俺の顔を見上げた。

「たんじー？　たんじ？　あんたの名前だよね？」

「タンジー。この店での名前や」

「何それ。何か、他の人たちもみんな変な名前。芸名か何か？」

「みたいなもんやな。ここの従業員は、みんな花の名前を持っとる」

言板
電気大切に
6/25
19:30へのみ
OFF

俺は簡潔に説明した。店に来てからずっとオドオドしていた少年の目に、初めて好奇心の光がきらめく。

「花の名前？　タンジーなんて名前、俺知らない。パンジーなら知ってるけど」

「俺も知らんかった。黄色くて小さい、ボタンみたいな花や。虫除けらしいで」

「ぷっ。虫除け！」

「笑うなや。お役立ちの花なんやぞ」

文句を言いつつ、何故か心臓がドキッと跳ねた。初めて笑った少年の顔が、とてもあどけなかったからだ。

「お前……」

「何？」

何を言いたかったのか、自分でもよくわからない。だが、口を開きかけたそのとき、ナズナがタオルを抱えて駆け込んできた。

「お待たせしましたっ。早く拭いてください、お二人とも。今、ヒイラギさんが彼の着替えを見繕ってるそうなので」

ヒイラギは店の二階に住み込んでいるので、自分の洋服を貸してくれるつもりらしい。

俺はバスタオルを少年の頭からバサリと掛けた。

「ちゃんと拭けや」

「あんたもね」

タオルの下から、やはり挑戦的な目が見上げてくる。

「へいへい」

俺はタオルを受け取り、水滴を落とさない程度にあちこち拭いてから、バックヤードに引き上げた。私服に着替えて戻ると、厨房にいたのはあの少年ではなく、アマリネだった。

「あいつは？」

「店のほうで紅茶飲んでる。ケーキ出してやれって、ヒイラギが言ってたぜ。甘いもんが嫌なら、何か作ってやるから言えよ」

「わかった。重ね重ね、すまんな」

ふん、だか、うん、だかわからない相づちを打ち、アマリネは自分の持ち場でタマネギを刻み始める。

俺は残り物の中からメロンのタルトを皿に載せ、厨房を出た。

少年はジャージを着て、カウンターに座っていた。少し離れたところにヒイラギが座り、カウンターの向こうには、少年と向かい合ってシロタエが立っている。

きっと人見知りが酷いのだろう。初対面の二人に挟まれ、少年の白い顔はあからさまに強張っていた。これではまるで、捕獲された火星人だ。

ヒイラギよりはかなり小柄なので、ジャージの袖と裾が大幅にだぶついているのが可愛らしかった。

「ナズナは?」

そう声を掛けながらシロタエの横に立つと、ヒイラギは腕組みして、いつもの感情の読めない表情と声で言った。

「ドラッグストアに、消毒薬と絆創膏《ばんそうこう》と湿布を買いに行った。ここにはさすがに、そんなものはないからな」

「ああ。そら悪いことしたな。そんでシラーは?　定位置に姿が見えんけど」

いつもカウンターの端っこのスツールにいる猫の姿がないのでそう訊ねると、ヒイラギは真面目くさった顔で答えた。

「さっき出て行った。猫の集会だろう」

「ふうん。……ほい、タルト。俺が作ったやっちゃ。食うてみ」

そう言って皿をティーカップの横に置いてやると、少年は目をパチクリさせた。

「俺が作ったって……あんた、もしかしてパティシエ?」

フォークの先で指されて、俺はさすがにムッとして頷いた。

「せやったら何やねん」

バッサリ言い切って、少年はタルトを大きく切り取り、頬張った。

「似合わね」

「あ、でも、普通に旨《うま》っ」

「……『でも』と『普通に』は要らん」

俺たちの会話を聞いて、シロタエは楽しそうに笑った。

「二人とも、出会ったばかりなのに、もうコンビみたいだね」

「んなわけあるかい」

「コンビなんかじゃない」

同時に言い返して気まずく顔を見合わせる俺と少年に、シロタエはますますおかしそうに声を立てて笑う。

俺はやるせない思いで頭を掻き、少年に訊ねた。

「そういや、まだ訊いてへんかった。お前、名前は？　ほんで……」

もぐもぐとタルトを咀嚼《そしゃく》しながら、少年はやや不明瞭な口調で言った。

「訊きたいこと、だいたいわかる。俺、エイスケ。十七歳。R学院高等部二年A組。保健室登校だから、授業には全然出てない。帰宅部所属。以上」

ヒイラギは、そこで初めて眉毛を三ミリくらい上げた。

「保健室登校？　登校拒否ではなく？」

少年……エイスケは、平然と頷く。

「うん。うち、父親は単身赴任だし、母親も働いてるし。家に俺だけいても不経済じゃない？　だから学校に来て、保健室でネトゲとか株とかやってる」

「株⁉」

俺とヒイラギの声が綺麗にシンクロする。エイスケは、またあっさり頷いた。

「そ。デイトレード。肉体労働なんて割りに合わないことは真っ平だからね。賢く稼いでる」

不遜《ふそん》な物言いに若干イラッときて、俺はやや不機嫌な口調でエイスケを咎めた。

「……稼ぐんはまあええけど、学生の本分は勉強やろが」

「だって、クラスの奴らは頭悪すぎるし、先生たちは惰性で仕事してるばっかだし。勉強は授業に出るよか、自分で参考書を読むほうがよっぽど効率いいもん」

おそらく真面目な高校生だったであろうヒイラギは、目を白黒させた。

「……そ、そういうものなのか？」

「僕に訊かないでよ。今どきの高校生事情なんて、もう二十八になっちゃった僕にはわかりません」

年齢をサラリと口にするシロタエに、エイスケは驚きを露《あら》わに軽くのけぞる。

「二十八？　マジで？」

「本当だよ。若く見積もってくれてたのならお礼を言うけど、そうじゃないならその可愛い鼻をもげるほど摘《つま》んじゃおうかな」

「あ……い、いや、若いほうですっ」

シロタエの口調はあいかわらず柔らかだが、その柳葉のような目が僅《わず》かに細くなっただけで、妙な迫力が発生する。さすがのエイスケも背筋を伸ばし、敬語で答えた。

シロタエは、満足げにニッコリ笑って俺を見た。

「事情はさっき、エイスケ君からざっくり聞いたよ。なるほど、保健室で毎日株をやっていれば、月額五万円をいじめっ子の同級生たちに支払うのも、そう大変じゃなかったわけだ」

エイスケは、シロタエの言葉を平然と肯定した。

「そゆこと。だからあと五万払うのも無理じゃなかったけど、そういうのキリがないしね。だからやめといた」

「賢いね。……まあ、本当に賢い子なら、そもそも最初の五万円を払う羽目にはならなかったと思うけど」

「それは……っ」

さらりと鋭い指摘をされたエイスケは、むくれ顔で残りのタルトを無理矢理口に押し込み、黙りこくってしまう。

ヒイラギは、どうリアクションしていいかわからない様子で首を振り、シロタエは悪戯っぽい笑みを浮かべて俺にウインクしてみせ……そして俺は、あまりの食いっぷりのよさに、もう一切れケーキを出してやるべきかどうか、迷っていた……。

結局、傷の手当てをしてもらい、制服を乾かしてもらい、ついでに皆と一緒にまかないのオムライスまで食べてやけに満足げなエイスケを、俺は駅まで送っていくことにした。

ちょうど雨は上がり、湿った夜風はヒンヤリとしている。

「そう言うたらお前、左の脛《すね》、えらい腫れとったやろ。歩いて平気か？」

ふと気付いてそう訊ねると、エイスケはちょっとおどけたアクションで左足を跳ね上げてみせた。

「ちょっと痛いけど、だいじょぶみたい。湿布してもらったし」

「せやったらええけど、無理すんなや。そや、鞄貸せ。駅まで持ったる」

「いいよ、そんな女の子扱いみたいなの」

「怪我人に、男も女もあるかいアホ。貸せっちゅうねん」

少し渋るエイスケから無理矢理ショルダーバッグを奪い取ると、奴は照れ隠しか、また例のふてくされ顔で口を尖《とが》らせた。

「……なんかさー」

「あ？」

「お人好しだよね、あんた。つか、あんたんとこの店の人全員」

いかにも不満げな口調が不思議で、俺は真《ま》っ直《す》ぐに問いかけてみた。

「お人好しやったらあかんのか？」

「そうじゃないけど……けどさあ」

「けど、何や？」

エイスケは、長めの前髪を指先で弄《いじ》りながら、並んで歩く俺を横目でチラと見た。

「やっぱ、期待してる？」

「何をや？」

「助けてくれてありがとう、的な言葉」

「……別に」

「嘘だよ」

俺が適当に受け流すと、エイスケは妙に挑戦的な口調と目つきで食ってかかった。

「何が嘘やねん」

「ホントは、俺がしおらしく『ありがとうございました!』とか言えば、あんた、気持ちよくなるんだろ?」

「そら、ありがとう言われて気持ち悪うなる奴はおらんやろ」

「やっぱし!」

何故か憤慨した様子のエイスケに、俺はハッキリと言い渡した。

「けど、お前には言うていらん」

「何で」

「言われる覚えがあれへんからや」

「俺のこと、助けたのに?」

足を止め、やはり刺々《とげとげ》しい声でエイスケは問いかけてきた。

悪意を持って絡んでいるわけではなく、どこか俺を試したがっているような眼差しが、今はまっすぐ俺を見上げている。

だから俺も、正直に答えた。

「頼まれても、気が向かんかったらあないにお節介なことはせん」

「……どういうこと？」

「俺が助けたかったからそうしただけや。勝手にやりたい放題したのに、礼を言われる覚えはあれへん」

「…………」

「それにお前、店の奴らには、ちゃんとお世話になりましたって頭下げとったやろ。それで十分や」

そう言ってやれば納得するのかと思いきや、エイスケは余計にキリリと眉を吊《つ》り上げた。

「なんかそーいう言い方されると、すっげームカツク！」

「ほな、どない言うてほしいねんお前は」

「わかんないよ、そんなの！　何で腹立つのかもわかんないのに！」

「……おい。礼は言うていらんけど、逆ギレされる覚えはあれへんぞ」

そう言い返すと、エイスケは途端に唇を引き結び、しばらく黙りこくってからこう言った。

「じゃあ、お礼は言わない。けど、俺は意外と義理堅いんだよ」

「あ？」

「あんた、俺のせいで眼鏡なくしたじゃん。それはちゃんと弁償するから」

「別にお前に眼鏡買うてもらう必要は」

「いいって。言っただろ、株で稼いでるって。眼鏡くらい、何でもないよ」

軽い口調でエイスケは言ったが、俺は首を縦に振らなかった。自分の顔が渋くなっていくのがわかる。

「そういう金は、俺は好かん」

「え？」

ポカンとするエイスケに、俺は噛んで含めるように言った。説教など柄ではないが、これればかりはきちんと言っておかなくてはならないと思ったのだ。

「職業に貴賤《きせん》はないっちゅうし、そういう賢い稼ぎ方を否定するわけやあれへん。せやけど株っちゅうんは、現場で働く人が汗水垂らして働いて、その価値を守っとるもんやろが。それをお前みたいなガキがゲームみたいに売ったり買ったりして稼ぐようなやり方は、個人的に好かんのや」

頭はいいのだろう。すぐに俺の言うことを理解して、エイスケは小さく肩を竦めてみせた。

「なーんか、引くなあ。昭和《しょうわ》の頑固ジジイみたいなこと言われてもさ」

「ほっとけ。どうせお前から見たら、俺はえらい年寄りや。……けどなあ。お前の生き方に指図する気はあれへんけど、若い頃にいっぺんくらいは、自分の身体をミシミシになるまで使うて金稼ぐ経験も必要やと思うで。せやないと、金の価値がおかしゅうなる気がする」

「……そんなもん？」

「俺は、そう思うとる。せやから俺の眼鏡は、あぶく銭で買うたもんでは気ぃ悪いんや。俺の身体の一部みたいなもんやからな」

「……あんたの身体の一部……かあ」

そう呟くと、それまでずっと怒り顔だったエイスケは、急にふふっと楽しげに笑った。コロコロ変わる表情についていけず、俺は困惑してしまう。

「何や？」

「んー。別に。ねえ。あんた、さっきの店をまだ辞める予定ない、よね？」

「縁起でもないこと言うなや。俺はあの職場、気に入ってんねんから」

「そっか。じゃあいいよ。もうじき駅だし、見送りもここまででいい。バッグ、さっさと返して。……じゃね」

さっきのお返しとばかり俺から乱暴にショルダーバッグを奪還し、エイスケは俺にクルりと背を向けた。そのまま立ち去ろうとする背中を、俺は迂闊《うかつ》にも呼び止めてしまう。

「おい」

「……何？」

三歩歩いたところで振り返ったエイスケの顔は無防備そのもので、奴がまだ子供なんだと俺に痛感させた。

「俺のせいで、あいつらと何ぞややこしいことになったら、今度は金で解決せんと俺に相談せえよ。片足突っ込んだ以上、責任は取るしな」

「……どんな風に？」

「そら、そん時にならんとわからんけど」

「何だそりゃ。頼りないの」

またあどけない笑顔でクスッと笑うと、エイスケは絆創膏だらけの右手を振った。

「まあいいや。そんじゃね、タンジー」

「呼び捨てにすんな、アホ」

「あははは」

屈託なく笑いながら、今度は振り返らず、エイスケは駅に向かって歩いていく。

その、少し左足を引きずりながら遠ざかる小さな背中を、俺は見えなくなるまで見送った……。

それから一ヶ月。

毎日の仕事を黙々とこなしながら、俺の頭には、何かの弾みですぐにエイスケのことが思い出された。

俺が迂闊に介入したせいで、あいつがいじめっ子たちに報復されてはいないか、怪我を膿《う》ませたりしていないか……そんなごく当然な懸念ならまだわかるのだが、ちゃんと飯は食っているだろうか、株で大損したりしていないだろうかなどと余計な心配までし始め、挙げ句の果てには、あいつが笑っているかどうかまでが気になる始末だ。

あれほど学校に幻滅しているエイスケだけに、クラスメートとも教師とも、楽しい会話をしているとは思えない。

家庭でも、おそらくひとりで過ごす時間が長いはずだ。

あいつはいったい、一日のうち何人と言葉を交わし、何回笑うチャンスがあるのだろう。

それを考えると、胸がチリッと痛んだ。

あの日、「くろねこ屋」で出来たて熱々のオムライスを平らげながら、店の連中と賑やかに喋り、とても楽しそうに笑っていたエイスケの顔は、年相応……いや、十七才よりもっと幼く見えた。

今度はちゃんと表から入っておいでとヒイラギに言われたときの奴のはにかんだ笑顔を、俺は鮮明に覚えている。

アマリネは、「相談に来ねえってことは、平穏無事ってこった」と断言したし、俺も頭ではそうなんだろうと考えている。

大丈夫だ。

何度も自分にそう言い聞かせたものの、やはり気になって仕方がない。

いっそさりげなく学校に様子を窺《うかが》いに行こうか……と思ったりしたが、いったいどうやって人の心を読んだものか、何も言っていないのに、シロタエに「あんたが行ったんじゃ、どう頑張ってもさりげなくはならないよ」と釘を刺されてしまった。

せっかく申し分ない職場環境で、充実した仕事をさせてもらっているというのに、スイーツ以外のことに頭を悩ませる情けない男になり果ててしまった自分が情けないが、これぱかりはどうしようもない。

何だってエイスケのことが、こんなに気にかかるのだろう。

あいつの顔を思い出すたび、心配な気持ちと共に、胸が鈍く疼《うず》くのだ。

自分の身に生じた謎の現象が理解できないまま、俺は落ち着かない気分で日々を過ごしていた。

そして今日。

特にこれといった事件もなく、「くろねこ屋」は閉店時刻を迎えた。

ヒイラギとシロタエはホールの掃除を始め、ナズナは厨房で洗い物をし、俺は明日の仕込み、アマリネはまかない作りに取りかかった。

何もかも、普段どおりだ。一日が、平穏に終わる……そう思っていた。

だが、しばらくすると、シロタエが怪しい笑顔で厨房に入ってきた。

「オーダーお願いします」

アマリネが、顰《しか》めっ面で言葉を返す。

「ああ？　もう店閉めたろ。何だよ、オーダーってのは。寝言は寝て……ぎゃッ」

相変わらず素晴らしいコントロールで、シロタエが投げたボールペンがアマリネの額にヒットする。この店に来て以来、アマリネの脳細胞はずいぶん減ったのではないだろうか。

また、その凶行現場を見習いのナズナには決して見せないところが、シロタエという男の恐ろしいところだ。

額を押さえてうずくまるアマリネを横目に見ながら、俺はシロタエに訊ねた。

「どういうことや?」

するとシロタエは、意味ありげな流し目で俺を見た。どうにも嫌な予感がする。

「うん。それがさ、さっきどうしてもって仰《おっしゃ》るお客様がいらっしゃってね。気の毒だから、今回だけは……って、ヒイラギと決めたんだ。駄目かな？」

「いや。お前と店長が決めたんやったら、ええん違うか。そんで、オーダーは？」

「タンジー」

「…………は？」

「ご注文は、タンジー、なんだって。誰かに運んでもらう？　それともみずからテーブルに向かう？」

愕然《がくぜん》とする俺の代わりに、ようやく立ち直ったアマリネが問い返してくれる。

「何だよ、そのふざけた注文は。この店は、いつからホストクラブになっちまったんだ？」

だがシロタエは、ジロリとアマリネを睨《にら》んで言い返した。

「うるさいよ、マリ。特別なお客様の、特別なご注文なんだ」

「……特別な客？」

シロタエはニッコリ笑って頷き、皿を洗っていたナズナは、ポンと濡れたままの手を打った。

「あ、もしかして、こないだの？」

ようやく情報がカチッと繋《つな》がって、俺の脳が小さく爆《は》ぜた。

「エイスケなんか⁉」

「ふふふ。その目で確かめたら？」

あくまで謎めかすシロタエに焦《じ》れて、俺はどかどかとホールに出て行った。

「よっ」

一ヶ月前と同じようにカウンター席に座り、俺に軽く片手を挙げてみせたのは……言うまでもなく制服姿のエイスケだった。

もうすっかり顔の腫れも引き、怪我も治ったようだ。

「すげえな、この店。タンジーって注文したら、マジでタンジー出て来た」

そう言って、エイスケは照れたようにチラと笑った。

よく来たなというのも違う気がするし、何しに来たと訊ねても、臍《へそ》を曲げそうだ。言葉に詰まった俺は、ついどうでもいい言葉を発してしまった。

「呼び捨てにすなて言うとるやろが」

するとエイスケは、ちろりと舌先を出して、鼻筋に皺《しわ》を寄せてみせる。

元気そうだ……と思ったら、何とも言えない安堵《あんど》感《かん》が胸に広がった。

「まあ、座りなよ」

「何でお前が命令すんねん」

「だって、あんたをオーダーしたの、俺だもん」

「………畏《かしこ》まりました、お客様」

　エイスケの笑顔を見るなり、何だかもう色々どうでもよくなっていた俺は、我ながら不気味な従順さで奴の隣のスツールに腰を下ろそうとした。

　ところが。

「あ、やっぱちょい待ち。そのままで」

　いきなり指示を変更されて、俺は奴の背後に立つ羽目になる。

　するとエイスケは、自分もスツールから降り、俺に向かい合って立った。やはり、俺より頭半分以上、背が低い。

「何や？　何かあったんか？」

　顔を覗き込んで訊ねると、エイスケはブレザーのポケットから封筒を出し、俺に差し出した。

「これで新しい眼鏡、買ってよ。あんま高いのは無理だろうけど」

　受け取って中を見ると、三万円入っている。

「気にせんでええて言うたやろ。俺は……」

「株じゃないよ！」

強い口調で言い放ち、エイスケは俺を睨みつける。

「へ？　ほな、何して稼いだ金やねん、これ」

訝《いぶか》りながら訊ねると、エイスケは胸を張って答えた。

「週末ごとに、引っ越し屋のバイトして稼いだんだ。あんたが言う、身体がミシミシになるまで働いてもらうお金って、どんなかなって思って」

俺は驚いて、エイスケの頭からつま先までジロジロ見てしまった。

「お前、そない細っこい腕で、引っ越し屋のバイトなんかやれたんか」

思わず訊ねると、エイスケは恥ずかしそうに床を軽く蹴った。

「職場のみんなに迷惑かけちゃったけど、でも、人生で初めて、全力出した。限界まで頑張った。……結果イマイチでも、凄く気持ちよかった！」

「……そうか」

「うん。俺、足引っ張ってんのに、みんな励《はげ》ましてくれたし、助けてくれたし、色々教えてくれたし……。嬉しかった。なんか、肉体労働とかバカみたいって思ってた自分が、すげえ恥ずかしかった。みんなに誘って貰って、初めて打ち上げとか行って……そういうの、わりといい感じだなって」

「……そうか」

素直な反省と喜びの弁に、俺の胸はじんわりと温かくなる。

「要領とか効率とか、それだけじゃないんだな。上手く言えないけど……大事なこと教えてくれて、ありがと」

「……おう」

感動して言葉が出てこない俺に、エイスケは恥ずかしそうな笑顔を見せて話を続けた。

その声は、前回と打って変わって、驚くほど明るい。

「三万なんて、株ならあっという間のお金だけど、これは違う。俺がボロボロになって稼いだ、すげー大事な金なんだ。だから、それであんたの眼鏡、買ってほしい」

「そない大事な金、俺の眼鏡なんかにしてしもうて、ホンマにええんか?」

躊躇いながら封筒をかざすと、エイスケは大きく頷いた。

「あんたに使ってほしいんだ。だって、あんたが初めてだったんだもん」

「あ?」

「俺のこと、変に大人扱いも、子供扱いも、腫れ物扱いもしない人。俺何かすげーズガーンって来た。ここに」

引っ越しのバイトで傷めたのだろう。あちこちに絆創膏を巻いた手を、エイスケは自分

くる。
一歩踏み出した。そして、俺に後ずさる隙を与えず、両腕を広げてぎゅむっと抱きついて
の胸に当てる。見上げてくる目が妙に熱っぽい……と思った瞬間、エイスケは俺のほうに

※

「な……何やねん！　コアラか、お前は」

「あ、やっぱ俺、あんたのこと好きだわ」

　完璧すぎる不意打ちに微動すらできず固まっている俺に抱きついたまま、エイスケは妙に得意げな顔で見上げた。

「ね、わかるでしょ。心臓バクバクで気持ち悪くなりそ。これって滅茶苦茶恋って感じ！」

　そんなことを、ウルウルした目で言われても困る。互いの服越しでも、エイスケの体温が俺に伝わってきて、俺は年甲斐《としがい》もなくオタオタしてしまった。

「いや……ちょー待てお前。途中までめっちゃええ話やったのに、なんで唐突にそういう展開になるねん」

　動揺し過ぎてエイスケを振り解くことすら思いつかない俺に、奴は常識を語るような横柄な口調で言った。

「だってさ。この一ヶ月、俺、あんたのことばっか考えてた。会いたいな、あのでっかい身体でぎゅーってされたら、気持ちいいだろうなあって。で、マジでやってみたらこれだ

もん。絶対、これって恋！」

「そんな無茶な」

「でもほら、タンジーの心臓も俺と同じくらいバクバクだよ。顔、赤いし」

「……ッ⁉︎」

「意外とさあ、相思相愛っぽくね？　それとも、俺に好き好き言われんの、気持ち悪い？　鳥肌は立ってないみたいだけど」

これまで自分はノーマルだと疑わなかったが、言われてみれば、エイスケにありえないほど密着されているこの状況が、まったく不快でない。

それどころか、指摘されたように、何やら鼓動が怪しい速さだ。この異様な高揚感と興奮は……さすがに三十年も生きれば何度か経験したことがある、恋愛のそれだ。

しかも、高校時代、可愛いと思っていた女子の後輩に告白されたときに匹敵する自分の動揺っぷりに、ほとほと呆れる。

「気持ち……悪く、はない」

「ほら！　じゃあ問題ないじゃん。俺は本気だよ。つきあお！」

絶対に俺を離すまいと両腕に力を込め、エイスケは断言する。あまりにも奴のペースでことが運ぶのが腹立たしくて、俺はせめてものの反撃を試みた。

「何が本気やねん。お前らの年頃のそういうんは、どうせ思い込みっちゅうて一過性のやな……」

「思い込んだら百年目って言うじゃん。別に恋愛のスタート地点なんて、思い込みでも勘違いでもいいんじゃね？」

「…………」

「それがずっと続いて、いつか本物になるなら、全然いいじゃん」

畜生。一回り以上年下のくせに、なまじ頭がいいだけに、口では勝てそうにない。実にいい台詞だ。それでも俺は、必死の抵抗を試みた。

「何でそないに俺がええねん」

「わかんないよ、そんなの。でもさ。俺たち、何か相性よさそうだもん。なあ、ぎゅってしてみて？」

「…………」

上目遣いにねだられて、指先がピクっと痙攣《けいれん》した。俺は、自分の敗北を予感する。

厄介なガキを、懐に入れてしまった。

見るからに繊細そうで、そのくせふてぶてしくて、世間の風の強さに怯えているくせに、精いっぱい胸を張ってみせるような、そんなややこしい奴を。

「……かなわんなあ」

降参の台詞と共に軽く抱き返してみると、エイスケの身体は本当に細く、そのくせまだ子供らしく体温が高かった。しなやかな身体は、まるで実家の猫を抱いたときのように、俺の腕や胸にしっくり馴染《なじ》む。

まさか、この年まで独身を守ってきた自分が、高校生、しかも男のガキに落とされるとは。

不甲斐ないにもほどがあるが、悪い気はしないのがまた口惜しい。

そんな複雑な思いを満喫していたら、背後からペチペチと間抜けな拍手が聞こえた。

「ようよう、店でいちゃつくとは豪気じゃねえの、タンジー」

ギョッとして腕を解いたが、エイスケは俺から意地でも離れない。コアラの母親のように奴をぶら下げたまま振り返ると、いつの間にか、全員が背後に立っていた。

アマリネは声から容易に想像できるニヤニヤ顔、シロタエは涼しい笑顔、ヒイラギは何とも言えない複雑な面持ちで俺を見ている。

そして、ひとり心配そうな顔をしていたナズナが、遠慮がちに口を開いた。

「あの。凄く素敵なお二人だと思うんですけど……でも、ヒイラギさん」

「何だ?」

「僕、採用される前に、シロタエさんに言われました。お客さんに手を出すのは御法度だって。これって……いいのかな」

「あ……うう、そ、そうだ、な」

ヒイラギは、ストレートな困り顔で呻《うめ》いた。生真面目な男だけに、こういうときにいい加減なことが言えないのだ。

アマリネが慌てて口を挟んだ。

「お前、それはよう。規則ってのは臨機応変に……」

「いや。規則は厳然たるものでなければならん。でなければ、制定する意味がない」

「ぐえ。すぐそうやって難しい言葉で返しやがる。これだから高学歴は～」

「マリ！　茶化すな。これはそういう問題では」

「じゃあ、どういう問題なんだよ。規則違反で、タンジーをクビにするってか？」

「そんなことをしたくないから、困っているんだ！」

食ってかかるアマリネに、さすがに苛《いら》ついた口調でヒイラギは言い返す。だが、そんな二人をよそに、シロタエは怪しい含み笑いをした。

「ふふふ。何を困ることがあるの。規則厳守でいいじゃない。ノープロブレムだよ」

「だ、だって、あんた困らないのかよ、タンジーがクビになっても！　前々からうっすら思ってたけど、薄情だよな」

「前々から僕をそういうふうに思ってた件については、あとでじっくり話をしようね、マリ」

「うっ」

鼻白むアマリネの額を鬱陶しそうに人差し指で押して遠ざけ、シロタエは俺とエイスケを交互に見た。

「だって、お店の決まりは、『お客さんに手を出さない』だよ？　お客さんがうちの店員に手を出す分には構わない……って拡大解釈は駄目なのかなあ」

「！」

「あ、なるほど」

ヒイラギは息を呑み、ナズナは呑気な顔でポンと手を打つ。

「な……なるほど……って、あんた、とんち大王かよ」

アマリネは呆れと安堵が混じり合った顔で、バンダナに覆われた頭に手をやり、はあ、と深い溜め息をついた。

やはり俺にへばりついたままで、エイスケはきらりと目を光らせる。

「それって、俺がタンジーを口説いたんだから、タンジーはお咎めなしでいいってことだよねっ？」

シロタエはにっこりして頷く。

「うん。そうだよね、ヒイラギ？」

数十秒、沈思黙考していたヒイラギは、妥協の溜め息をついて腕組みした。

「まあ、いいだろう。ただし今後、店内での親密な行為は禁止だ。あと、せめてエイスケ君が高校卒業するまでは、節度ある交際を期待する」

風紀委員のようなヒイラギの発言に、ナズナは小首を傾げてアマリネを見る。

「節度ある交際って……？」

アマリネは嫌な笑みを浮かべて肩をそびやかした。

それを聞いたエイスケの目が、キランと悪い感じで光る。

「そりゃ、チューまでじゃねえの？」

「チューだって！　じゃあ、みんなの前で、おつきあい宣言代わりのキスを、『俺』が要求する！」

そう言うなりエイスケの奴は、目を閉じて上向いた。まるでヒロイン気取りだ。

目を閉じたエイスケの顔を、至近距離で見るのは初めてだ。驚くほど長いまつげも、ちょっとアヒルっぽい唇も、細い顎《あご》も、俺の中の庇護欲《ひごよく》やら愛着やら愛玩衝動やらといった厄介な感情を引きずり出すには十分過ぎた。

もう、ここまで来たら、このチビの高校生に引きずられて、一歩踏み出してみるしかない。

(タンジーは、菓子のことしか考えへんパティシエ人格だったはずやのに。どないやねんこれは……)

妙に幸せな敗北感と羞恥を満喫しつつ、俺はたった今できたばかりの年下の恋人に、挨拶代わりの軽いキスをした……。

条件反射

お決まりですか
タンジー
……
うわ…
しょーもな
じゃあさ〜笑わせたらメールアドレス教えてよ
アホらし…
今なら期間限定ハ〜トの絵文字増量中！って何のキャンペーン
やねん…
にやにや
あかん！つっこんでしもた…!!

その3
店長の恋人
帰ってきたネコヤナギさん編

「おはようございます！」

朝から強い真夏の太陽にも引けを取らない元気な挨拶が、扉が開くと同時に厨房に飛び込んでくる。

裏口から「くろねこ屋」に出勤してきたナズナを迎えたのは、いつもの二人……パティシェのタンジーと、コックのアマリネだった。一時間後の開店に向け、二人とも大忙しである。

「よう。とっとと着替えて、サラダ用の野菜を洗え、新入り」

「おはようさん。マリの手伝い終わったら、桃の皮剝《む》くん手伝ってや」

「はいっ。ちょっと待っててください」

矢継ぎ早に作業を言いつけられ、ナズナは大急ぎでバックヤードへ行った。ホールと厨房には空調が効いているが、狭いバックヤードには扇風機しかない。

「あっつ……！」

最強レベルの風を勢いよく全身に受けながら、ナズナは汗を拭き、白いワイシャツと黒い細身のズボンに着替えた。見習い専用の短いエプロンをキリッと締めると、自然と気合いが入る。シンプルだが、お気に入りの制服だ。

彼がこの「くろねこ屋」という風変わりなカフェで働き始めてから、もうじき二ヶ月になる。見習い生活にようやく慣れ、仕事を楽しむ余裕も少し出てきた。

閑静な住宅街の一角、しかも腰が引けるほど立派な邸宅の敷地内で営業している「くろねこ屋」は、知る人ぞ知る存在だ。

母屋は純和風住宅だが、店はその離れにあたる洋館である。離れといっても、そんじょそこらの民家より遥かに大きい。

オーナーはネコヤナギという名のアンティークショップ経営者で、長期にわたって海外に骨董品を買い付けに行くらしく、ナズナはまだ会ったことがない。

ただ、カフェの片隅にある雑貨コーナーには、オーナーが仕入れた小物類が展示販売されている。そうした小粋な品物を見るにつけ、ネコヤナギというのはきっとイギリス紳士かフランス貴族のようにお洒落な人物に違いないと想像するナズナである。

『おーい、いつまで油売ってんだ！』

「はあい、今行きますっ」

アマリネの怒声に、ナズナは両手で短い髪を撫でつけ、バタバタとバックヤードから飛び出した……。


それから五時間後の午後二時過ぎ。ランチの最後の一皿を出し終え、店内にはようやくゆっくりした時間が流れ始めた。

本来、オーナーのくつろぎの場として存在している店だけに、宣伝は必要最低限しかしていないし、価格設定も高めに設定してある。極力、流行らないようにするという、奇妙な経営方針なのだ。

それでもランチタイムにはたまに満席になることがあり、皆、それなりに忙しい。

開店前に早めの昼食を摂るものの、ランチタイムが終わる頃には小腹が空く……ということで、店員たちは適当に交替しながら、長めのおやつ休憩を取ることになっている。

「はー。今日はやけに客入りがよかったな。くたびれたけど、やっちまわねえと」

そんな独り言を言いつつ、アマリネはエプロンを外し、コック服の上着を脱ぎ捨ててタンクトップ姿になると、拳でとんとんと肩を叩きながら外へ出て行く。

厨房の片隅に椅子を出し、副店長のシロタエと一緒に本日のおやつ、「桃のコンポートの煮崩れしたもの・バニラアイス添え」を食べながら、ナズナは不思議そうに首を傾げた。

「やっちゃわないとって、マリさん、何しに行ったんでしょうね」

「うん？　きっと庭弄りでしょ。……これ、美味しいけどひと味足りないな。ただ甘ったるいっていうか……うん、これを足してみよう」

シロタエは簡潔に答え、ローストしたアーモンドスライスをちょっとくすねて細い指で崩し、アイスクリームの上から振りかけた。ナズナは、くりっとした目を丸くする。

「庭？　こんなに暑いのに？　ランチタイム、ずーっと凄く忙しかったのに？」

シロタエは小さく肩を竦めた。

「ガーデニングはマリの趣味だから、やりたいことがいくらでもあるんじゃない？」

「そういう……もんですかねえ」

もう一度、暑いのに……と繰り返し、ナズナは感心しきりで首を振った。

ネコヤナギ邸の庭は見事な純和風庭園だが、離れの周囲だけはイングリッシュガーデンになっている。

開店当初、洋館の周囲は荒れ放題で、それをこつこつと今の美しい庭に造り替えたのは、他ならぬアマリネなのだそうだ。

花だけでなく、野菜やハーブを巧みに取り合わせた庭造りは、客の目を楽しませるだけでなく、店で使う食材の一部をまかなうという実務的な目的もある。

「興味があるなら、見てくれば？　しばらくお客さんは少ないだろうから、ゆっくりしていいよ」

厨房には窓がないので、庭を見ることができない。ソワソワしているナズナに、シロタエは笑って声を掛けた。

「あ……は、はいっ。マリさん、全然休んでないから気になって。何か、差し入れを持って行ってあげてもいいですか？」

「うん、そうしてあげて。ナズナは優しいね。マリにはいつも、邪険にされてるのに」

「いえ、そんな。僕が鈍くさいからですし」

シロタエのからかいに、ナズナは照れくさそうに頭を掻いた。

実際、アマリネは口の悪い男で、ナズナがミスをするたび、悪し様に罵る。しかし、罵倒しながらも結構丁寧に仕事のやり方を教えてくれるし、怒った後はさっぱり流してくれるので、ナズナにとってはありがたい先輩なのだ。

「ちょっと行ってきます。お店、忙しくなったら呼んでください」

「はいはい。熱中症に気をつけて」

ヒラヒラと手を振るシロタエに送られ、ナズナは外に出た。


「あ、いた！」

炎天下、アマリネは黙々とエントランス周りの草花を手入れしていた。ナズナは大きなグラスを両手で持ち、慎重な足取りでアマリネに近づいた。グラスの中身は、シロタエがいつも冷蔵庫にたっぷり作っておいてくれる水出しの紅茶だ。

「マリさん、これ」

「おっ、お前にしちゃ気がきくじゃねえの」

汗だくの顔を首から下げたタオルで拭いたアマリネは、グラスを受け取り、冷たい紅茶を一息に飲み干した。

「ぷはー！　やっぱ旨ぇな、これ」

「ホントですよね。渋みが全然ないのに、香りはしっかりしてて。よかったら、もう一杯入れてきましょうか？」

「いや、もういいや。あんまり飲むと、汗ばっか出やがる。それよかお前、暇ならちょっと手伝えや」

グラスをナズナに返すと、アマリネはすぐに作業に戻る。ナズナもグラスを安全な場所に置くと、シャツの袖を肘までまくり上げ、アマリネの隣にしゃがみ込んだ。

「いいですよ。今、何してるんですか？」

「雑草引いて、しぼんだ花を摘むんだ。せっかく綺麗に咲いても、枯れた花がへばりついてっと小汚く見えちまうだろ」

「ああ、なるほど」

普段の言動は粗暴を絵に描いたようなアマリネだが、枯れた花を摘み取る指は驚くほど優しい。

見よう見まねで雑草をひき抜きながら、ナズナは傍《かたわ》らの花を指さした。

「この黄色い花は何ですか？」

「あーそれ？　エノセラ・ミソリエンシス。月見草だけど、こいつは朝に花が開くんだ。午後になると、こうしてシオシオしてきちまうけど、綺麗だろ？」

「へえ……。花びらが薄くてヒラヒラしてて、可愛いです。じゃあ、こっちの青紫のモサッとしたのは？」

「セリンセ・メジャー・パプラセンス。っつかお前、今、耳で聞いたってどうせ覚えきれねえだろ」

腹を立てるでもない口調でからかわれ、ナズナは正直に頷いた。

「うう。エノセラさんと、セリンセさん。とりあえず若干覚えました！　時々、お客さんに聞かれるんですよ。あの花は何ていうの、とっても綺麗だけどって。だから、少しずつでも勉強しようと思って」

「ほー。真面目だねえ、お前は。何なら今度、花の名前を書いたプレートでも作って差しとくか」

「あ、それいいですよ！　気に入った花の名前がわかったら、自分ちの庭にも植えたいと思ってる人は嬉しいと思います」

「かもな。……そうだ。そこにニーム液置いてあっから、お前言うところのセリンセさんにたっぷり吹きかけといてくれ」

「殺虫剤ですか？」

「天然素材の忌避剤。こっちで虫湧《わ》かせると、ヒガシの野郎にネチネチとイヤミ言われっからよ」

「……あー……」

ヒガシというのは、東《あずま》高須《たかす》という名の、母屋の日本庭園を手がける庭師である。広大な庭だけに、ほぼ毎日やってきて、黙々と作業に勤《いそ》しんでいる。

実直な好人物なのだが、庭の好みが正反対だからか、アマリネとはどうにも相性が悪く、顔を合わせればいがみ合う関係だ。

だから、本当は「東」と書いて「あずま」という名だと知りながら、アマリネは彼をわざとヒガシ呼ばわりし、子供じみた嫌がらせをしているのだった。

「じゃあ、たっぷり撒《ま》いときますね……って、あれ？」

すぐ近くに置かれたスプレーを取りに立ったナズナは、ふと屋敷の門のほうからこちらに向かってくる人影に気付き、思わず棒立ちになった。

「おい、何ぼーっとしてんだ。さっさとやっつけねえと、熱中症でぶっ倒れるぞ」

アマリネは鼻筋に皺を寄せて心配混じりの悪態をついたが、ナズナは幽霊でも見たような顔で呟いた。

「だって、あっちからお侍《さむらい》さんが」

「侍？　はあ？　何言ってんのお前」

アマリネは、作業を続けながら小馬鹿にしたような口調で吐き捨てる。だがナズナは、ぼんやりと言葉を継いだ。

「いやだって、マジでお侍さんですよ。あ、もしかしたら坂本龍馬《さかもとりょうま》のコスプレしてるお客さん……とかかな？」

「こんなくっそ暑い日に、侍のコスプレなんかする馬鹿がいるかよ。しかもそのままこの店に来るとかよう」

「でも、どう見たってコスプレイヤーさんですよ、あれ」

「んなわけが……あ」

「ね？　コスプレ……あたッ」

立ち上がって、こちらへ来る「お侍さん」を見た途端、アマリネはナズナの頭を張り飛ばし、ぶっきらぼうに言った。

「誰がお侍だ。お前、ありゃここのオーナーだぞ」

「へ⁉　オーナー……？　あれが？」

「あれが」

「嘘っ。僕、こんな立派なお屋敷だから、もっとこう、堂々としたお殿様みたいな……」

「言うな。現実はいつも残酷なもんだ」

　失礼な従業員二人の会話など知るよしもない和服姿の男性は、草履を鳴らして二人の前までやってきた。

　彼は、かなり大柄だった。おそらく、身長も肩幅もタンジーくらいあるはずだ。ただ肉付きが薄くて撫で肩気味なので、タンジーほどの迫力はない。

　極めて日本的なあっさりした顔立ちをしていて、年齢がどうにも推測しにくいのだが、三十路《みそじ》は過ぎているだろう。

　長めの艶やかな黒髪を後頭部で一つに結んでいるせいで、渋い縞《しま》柄の和服や紗の黒羽織と相まって、ナズナには武士っぽく見えてしまったらしい。だが当然のことながら、腰に大小の刀はない。

「やあ、マリ。グリーンフィンガーは健在だね。いちだんと素敵な庭になった」

　オーナーだという男は、周囲の美しい花々に目を細めてから、アマリネに声を掛けた。

いかにも良家の子息らしい、おっとりして落ち着いた声だ。

応じるアマリネも、いつもより心なしか大人しい。やはりオーナー相手だと、多少は萎縮するのかもしれない。

「ども。わりに長かったっすね、今回の旅は」

「うん、いつものイギリス、フランス、イタリアに加えて、ふと思いついてチェコにも足を伸ばしたものだから」

「へえ。チェコ……スロバキア？」

「うん。そうそう、秋撒きの花や野菜の種を、色んな国で買ってきた。スーツケースのどこかに入ってるはずだから、出て来たら渡すよ。日本にないものもあるんじゃないかな」

「そりゃどうも」

マリはうっそりと頭を下げる。オーナーは、次に緊張して畏まっているナズナに視線を転じた。

「お前さんは？　見慣れない顔だけど」

ナズナは慌ててペコリと頭を下げる。

「ナズナですっ。はじめまして！　二ヶ月前から、見習いとしてここで働かせて頂いてます」

「二ヶ月前か。じゃあ、わたしとすれ違いで来たんだね。はじめまして。わたしがネコヤナギ。ここのオーナーで、あっちの家の主《あるじ》でもある」

母屋を指さし、オーナー……ネコヤナギは人好きのする、どこかチェシャ猫のような謎めいた笑みを浮かべた。着物は長旅のせいかややくたびれ、顎には短くまばらな無精髭《ひげ》が生えているが、そんななりでも妙にノーブルに見えるのが不思議だ。

「こいつ、鈍臭ぇし要領悪いけど、よく働くんすよ」

実はかなり面倒見のいいアマリネが、フォローのつもりでさほどでもない言葉を挟む。ネコヤナギはナズナの頭を大きな手でぽんぽんと軽く叩き、笑顔のままで頷いた。

「うんうん。そんな感じがする。いい子が来てくれて嬉しいね。……それにしても、日本の夏は蒸し暑くてかなわない。何か冷たい飲み物をねだりに行くとしよう」

そう言うと、右手に持っていた扇子を開いてみずからを扇《あお》ぎながら、ネコヤナギはくろねこ屋へと歩いていく。アマリネとナズナも顔を見合わせてから、ネコヤナギの後について店に戻った。


「やあ、ただいま」

ナズナたちと同じように裏口から厨房経由でホールに顔を出したネコヤナギに、カウンターの内側にいたヒイラギとシロタエは、驚いた顔をした。どうやらその二人でさえも、オーナーの帰国予定は聞いていなかったらしい。

ホールには一組だけ、若い女性二人の客がいた。窓際の席で、小さいが美しい庭を眺めながら、お茶とケーキを楽しんでいる。

彼女たちに気兼ねして、二人は抑えた声でネコヤナギに挨拶をした。

「オーナー。お帰りなさい」

「お帰りなさい。いつお戻りになったんです？」

「ついさっきだよ。シロタエ、悪いけど君のあの素敵な飲み物を一杯もらえるかな」

「勿論です」

ネコヤナギの言葉に、シロタエはすぐに動こうとした。だが、そのとき、厨房からグラス片手にタンジーが姿を現した。

「きっと、そう言わはると思うたんで」

グラスの中身は、さっきナズナがアマリネに持って行ったのと同じ、水出しの紅茶である。

「おや、相変わらず気が利くねえ。ありがとう、タンジー」

「いえいえ」

タンジーからグラスを受け取ったネコヤナギは、喉を鳴らして冷たい紅茶を飲み干し、満足げな溜め息をついた。

「ふー、旨い。美味しい軟水で水出しにしないと、この味にはならないからね。これを飲むと、日本に帰って来た実感が湧くってものさ。……で、どう？　ナズナ君が来た以外に、わたしがいない間、何か変わったことは？」

そんなオーナーらしい質問に答えたのは、ヒイラギではなくシロタエだった。

「別に、何も。素敵なお客様ばかりですからね。オーナーがいらっしゃろうがいらっしゃるまいが、店は淡々と、平穏無事に営業を続けていますよ」

シロタエは、女性と見まごうようないつもの優しい笑顔だったが、ナズナはその口ぶりに微かな違和感を覚えた。

(シロタエさん、ちょっと機嫌悪い？　いてもいなくても、なんて、らしくない言い方な気がするけど)

「ねえ、タンジー、マリ」

シロタエに同意を求められ、口の重いタンジーは無言で頷いた。ところがアマリネは、意地の悪い笑みを浮かべて、そんなタンジーの脇腹をつつく。

「ま、事件っちゃ事件か、アレ。タンジーが高校生のガキに手ぇ出され……」

「やかましわ！」

タンジーの大きなげんこつが、アマリネの頭頂部に鉄槌《てっつい》を下した。本気の殴打ではないが、かなりの勢いである。

「あだだだだだ」

両手で頭を押さえてしゃがみ込んだアマリネを面白そうに見下ろし、ネコヤナギはすっと目を細めた。そうすると、男性でありながら、どこか能の「小面」に似た表情になる。

「おや、女子高生と付き合ってるの、タンジーは。隅に置けないねえ」

「あ……いや。女子でなく、野郎のほうで」

「それはそれは。堅物かと思いきや、なかなか隅に置けないね」

驚いた様子など欠片も見せず、ネコヤナギはおどけた口調だけでタンジーをからかう。タンジーは、雇い主のそういう態度をどう解釈していいかわからず、ごつい顔に困惑の色を浮かべた。

「何やその……色々ありまして。ようわからんうちにそういうことに……」

「交際を申し込んだのは相手の少年のほうですし、彼が高校を卒業するまでは、節度あるつきあいをするとタンジーは約束しています。そして、二人の交際を許可したのは俺です。責任は俺にあります」

照れてしどろもどろのタンジーを庇《かば》うように、ヒイラギがネコヤナギとタンジーの間に立ち塞《ふさ》がった。そんなことをしても、長身のタンジーだけに、ヒイラギの背後から顔の半分が見えてしまうのだが。

ネコヤナギは可笑《おか》しそうにニヤニヤ笑いながら、片手を振った。

「別に咎めてやしないよ。タンジーなら、滅多なことはしないだろうし。まあ、それが事件レベルだったのなら、およそ平穏無事だったということだね」

そんなネコヤナギの言葉を、ヒイラギはキッパリと肯定した。

「はい。オーナーにご心配をおかけするようなことは何もありませんでした。お客様からのクレームはありませんし、経理的にも……」

「元銀行員のお前が帳簿をつけているんだもの、それこそ経理の心配なんか、したことがないよ」

「そ、それは確かに、ベストを尽くしてはいますが、オーナーがそのようなことを仰ってては……少しは店の経営にも興味を持っていただかないと」

生真面目に反論しようとするヒイラギの唇を人差し指で押さえて黙らせ、ネコヤナギは面白そうにくつくつと笑った。

「長旅から帰るなり、ヒイラギのお小言か。これまた、帰宅の実感だねえ」

そんなネコヤナギに、ヒイラギは仏頂面で言い返す。

「小言ついでに言わせていただきますが、オーナー、またそんなくたびれた着物で、しかも小汚い無精髭まで生やしてお店にお越しになって。せめてご自宅のほうで身支度を整えてから……」

するとネコヤナギは、いきなりヒイラギの二の腕を摑んだ。

「そうだね。せっかくの綺麗な店に、今のわたしは不似合いだ。速やかに二階に引きこもるとしよう」

「は⁉」

「髭は、お前が剃《そ》ってくれればいいよ。善は急げって言うじゃないか。ほら」

店の入り口近くにある階段へと引っ張られ、ヒイラギは珍しくストレートに狼狽《ろうばい》し、抵抗を試みた。

「い、今ですか⁉　お店はまだ営業中ですよ、オーナー」

だが、ネコヤナギは少しも動じない。

「オーナーがいいと言うんだから、いいんだよ。そうだろう、シロタエ？」

そう言って、彼はシロタエに片目をつぶってみせた。シロタエは肩を竦め、呆れ顔で冷ややかに言葉を返す。

「どうぞ、ごゆっくり。店は僕らで回しておきますから、ご心配なく」

「だってさ。では、店長を借りていくよ」

「オーナー！」

ネコヤナギの手を振り解こうとするヒイラギをグイと引き寄せ、ネコヤナギはその耳元で悪戯っぽく囁《ささや》く。

「駄々をこねると、この場で抱き上げて運んでしまうけど、それでもいいのかな」

「○△■×●☆……ッ」

ヒイラギは、いつもは表情に乏しい端整な顔を真っ赤にして、もはやろくに言葉にならない抗議を口にしながらも二階へと引きずられていった。

不思議そうな顔でそれを見送り、ナズナは傍らのシロタエに問いかけた。

「あのう、二階って、店長が住んでるんじゃないんですか？」

「そうだよ。だから好都合なんじゃないの。……はあ、まったく。いい大人のくせに公私の別がつかない人は困るよねえ」

やけに冷淡にそう言い放ち、シロタエはポットティー用の差し湯を作るべく、カウンターの奥に引っ込んでしまう。

普段は穏やかな物腰を崩さないシロタエが見せた微妙な刺々しさに、ナズナは戸惑いながら厨房へ戻った。

「あのう、タンジーさん。オーナーにもう一杯くらい、お茶を持って行ったほうがよくないですか？　何だったら、僕が」

だがタンジーが困り顔で口を開く前に、両手をポケットに突っ込んで厨房に戻ってきたアマリネが、舌打ちして言った。

「馬鹿、何言ってんだ、お前。今、そんなもん持ってってみろ、馬に蹴られっぞ。それとも何か、お前にはデバガメ趣……」

ガコッ！

「ぐはあッ」

どこからともなく飛来したマドラスが、アマリネの眉間《みけん》を直撃する。

「うわあっ、だ、大丈夫ですかマリさんっ」

「う……うっせ……大丈夫なわけあるか。お前もう、俺に話しかけんな。いちいちとばっちりがこっちに来んだよ」

ビックリして駆け寄ろうとしたナズナを片手で制し、アマリネは恨めしげな視線をシロタエに投げた。ムスッとした顔で唇を引き結び、脱ぎ捨ててあったコック服に袖を通す。

だがナズナは、厨房に引き返すとき、アマリネが低い声で忌々しげに、「ったく、何なんだよ。つまんねえ意地張りやがって」と吐き捨てたのを聞き逃さなかった。

「…………？」

盛んに首を捻《ひね》るナズナを見かねたのか、タンジーは無言のまま手招きし、ナズナをバックヤードに連れていった。

「タンジーさん、一体全体、どうなってるんですか？　オーナーが帰ってきてから、なんかシロタエさんは様子がおかしいし、マリさんはいつもの十倍、機嫌悪いみたいだし。それに店長が……連れてかれちゃったし」

「んー。あんまし誰彼見境なく喋るようなことと違うねんけどな。お前、ここに長く勤めるつもりでおるんやな？」

重々しい声といかつい顔で念を押されて、ナズナは微妙に怯え気味に、しかしハッキリと頷く。

「勿論、そのつもりです。僕、ここがとても好きですし」

「せやったらまあ、知っとくべきことではあるか」

タンジーはいかにも話しにくそうに、頭を覆うターバンを弄りながら言った。

「ヒイラギはな。オーナーとつきあっとるねん」

「へえ……って、ええっ!?　むがっ」

「声がでかい。わざわざバックヤードで喋っとる意図を汲《く》めや、お前」

タンジーの大きな手で口を塞がれ、ナズナは目を白黒させつつも謝る。

「す、すいません。でも、ホントですか？」

「この店に勤める前から、そうやったらしい。俺も詳しくは知らんし、知りたくもないねんけど。あの二人がどんな関係でも、俺らには問題あれへん。ヒイラギは仕事に一切、手ぇ抜かん男やしな」

いつもと変わらない調子でそう言ったタンジーに、まだ驚き冷めやらぬ様子ながら、ナズナも声をひそめて言葉を返す。

「そう、ですよね。さっきも、店長が仕事中だって嫌がってるのに、オーナーが強引に二階へ連れてった感じだったし」

「いつもそうやねん。ヒイラギは、オーナーには逆らわへんのや」

「それって……も、もしかして惚《ほ》れた弱み、とかいう奴ですか？」

躊躇いながら慣れない言葉を口にしたナズナに、タンジーは少し困り顔で曖昧に首を傾げる。

「それもあるんやろけど、何でもヒイラギが前の仕事でボロボロになっとったとき、助けてくれたんがオーナーらしいわ。恋人でもあり、恩人でもあり……っちゅうとこなんやろな」

「そう……なんだ。ヒイラギさん、恋愛には疎そうなイメージがあったから、ちょっとビックリかも」

ナズナの正直なリアクションに、タンジーも苦笑いで同意する。

「あいつは、ザ・潔癖みたいな男やからな。せやけど、オーナーにはホンマに惚れとるみたいやで。オーナーのほうもな」

「そっか……。それで、長い買い付けの旅から戻って、すぐに恋人を独り占めしたくなっちゃったんですね、オーナー」

「そういうこっちゃ。せやから、オーナーが来とるときは、俺らは二階に顔出したらあかん。……意味、わかるな？」

「わ……わかり、ます」

何を想像したものか、ナズナは顔を赤らめて頷く。だが、ふと気付いたように、彼は訝しげにこう問いかけた。

「でも。それがシロタエさんとマリさんの不機嫌にも関係してるんですか？」

「んー……まあ、そこはな」

タンジーはガッシリした上体を屈め、さらに声を抑えて、ナズナの耳元で囁いた。

「ヒイラギとシロタエが高校の同級生やっちゅう話は聞いとるか？」

「はい。ヒイラギさんがくろねこ屋の店長になったって聞いて、シロタエさんが元の勤め先を辞めてここに移ってきたって」

タンジーは、訳知り顔で頷いた。

「せや。シロタエはな、高校時代からヒイラギのことが好きらしいわ。シロタエから昔話を聞いとったら、すぐわかる。あいつも、あっさり認めよったしな」

「！」

目をまん丸にして、驚きの声を抑えるために自分で自分の口を塞ぐナズナに、タンジーは気の毒そうに言った。

「俺だけやない。マリかてすぐ察したのに、当の本人が鈍うてな」

「当の本人って……店長？」

「せや。ヒイラギは昔から、なーんも気付いてへん。シロタエにとっては、えらい長い片想いや。マリはそんなシロタエに同情して、あないイライラすんねん」

そんな微妙すぎる人間関係に、実は未だろくに恋愛経験のないナズナは、戸惑いながらもさらに突っ込んだ問いを口にした。

「ずっと好きで、今は傍にいるのに。それでも告白しないんですか、シロタエさんは」

「するつもりはあれへんのやろな。相手が察してくれるんを待っとるんかもしれんけど、ヒイラギはああいう男やろ。鈍いから、ハッキリ言われんとわからんとこあるし」

「そういえば、最初の面接のとき、『俺には人を見る目がない』って自信たっぷりに宣言してましたもんね、店長」

ナズナは、ここで最初に面接を受けたときのことを思い出し、少し遠い目になる。タンジーは、頭痛をこらえるような面持ちで頷いた。

「あいつ、そないなこと言うたんか。開き直りよってから……。まあ、そういうこっちゃ。シロタエがよっぽどはっきり言わん限り、ヒイラギがシロタエの気持ちを知ることはあれへんやろ。しかもヒイラギは今、オーナーとみるからに上手いこといっとるしな。そこに割って入るほど、シロタエはプライドが低くあれへんと思うで」

「はあ……。なるほど」

「本来、恋愛沙汰は当事者にしかわからんのやから、他人が口出すことやあれへん。けど、マリから見たら、ヒイラギがシロタエの恋心を利用しとるみたいに思えることがあるん違うか。マリはあれで、けっこう正義感の強い奴やからな」

それを聞いて、ナズナは不思議そうに小首を傾げた。

「そう……なのかなあ。でも、マリさんとシロタエさんって、そんなに仲がいいようには思いませんけど。仲が悪いってほどじゃないにしても」

「まあ、シロタエとマリのことは、知りたかったら本人らに訊いてみたらええ。……ああいや、余計なこと訊くなって言うといたほうが、店の平和のためか」

さすが店でいちばんの常識人だけあって、タンジーは渋い顔で釘を刺す。ナズナも、真面目な顔で頷いた。

「で……ですよね。個人的なこと、新入りの僕がほじくり返しちゃ駄目ですよね」

「そういうこっちゃ。俺はこの職場が気に入っとる。余計な波風立てて、雰囲気悪うしとうはないねん」

「それは勿論、僕もです」

「まあ、お前はええ加減な奴と違うと思うからこそ、こうしてあれこれ話したんやけどな。……とにかく、や」

タンジーはガシガシと頭を掻き、扉のほうに顎をしゃくった。

「オーナーがおるときは、ヒイラギは基本的にオーナーに掛かりっきりやと思うとったほうがええ。シロタエの言うことよう聞いて、いつもどおり仕事頑張れっちゅう、単純な話や。わかったか?」

「はいっ」

ナズナは背筋を伸ばして返事をする。その頭をぽんぽんと叩いて、タンジーは年下の恋人に「買って貰った」眼鏡を押し上げ、「ほな、シロタエにしばかれん内に戻ろか」と、顔の右側だけで笑ってみせた……。


一方その頃、ヒイラギを半ば強制的に二階に連行したネコヤナギは、ヒイラギが居間として使っている和室の襖《ふすま》を開け、唖然としていた。

「おやおや。相変わらず、公私のギャップが激しい男だね、お前は」

「で……ですから……ッ。帰国予定は教えてくださいと、いつもお願いしているんじゃありませんか……！　あなたがお帰りだとわかっていれば、掃除を……っ」

ヒイラギは、いたたまれない様子でそんな言葉を吐き出し、目を伏せた。

「くろねこ屋」のあるこの離れは、外見的には完璧な洋館である。一階部分は英国風の内装だが、二階はガラリと雰囲気が変わって、見事な和洋折衷の空間になっている。

部屋の間仕切りは襖、床も畳敷きではあるものの、天井からはシャンデリアを思わせる照明が下がっているし、床の間の代わりに、大きな出窓が設《しつら》えられている。ただし、その下にある物入れには、やはり和風の建具が使われていた。

窓に嵌め込まれたガラスも幾何学模様のステンドグラスで、室内のあちらこちらに異国情緒が溢れている。

しかし、そんな瀟洒《しょうしゃ》な部屋は……手前の居間も、開けっ放した襖の向こうの寝室も、驚くほど散らかっていた。

居間には脱ぎっぱなしの服や本や雑誌が散乱し、文机の上にもバインダーや書類が雑然と積み上げられている。

寝室には、畳の上に絨毯《じゅうたん》を敷いてベッドを据えてあるのだが、布団はまさに今朝、ヒイラギが抜け出したままの空洞を形作っていた。

畳の上には、彼の起き抜けの動線を物語るように、脱いだパジャマやタオルが点々と落ちている。

「も……もう……見ないでください」

ネコヤナギの手を今度こそ振り払い、ヒイラギは赤面を通り過ぎて逆に青ざめた顔で、弱々しく懇願した。

「別に呆れているわけじゃないよ。むしろ心配しているんだ。……わたしが留守にしている間、店のことをきっちりやらなきゃいけないと思うあまりに、自分のことが疎《おろそ》かになったんだろう？　お前は本当は綺麗好きなはずなのに」

「…………」

ヒイラギは返事をしなかったが、その沈黙こそが、ネコヤナギの推測を肯定している。

ネコヤナギは、大袈裟な溜め息をついた。

「やれやれ。お前は、相変わらず生真面目すぎるよ。わたしがちょっと目を離しただけで、生活がこんなに荒れてしまうようでは、おちおち買い付けの旅にも出られないじゃないか」

おどけながらも本気の滲《にじ》んだネコヤナギの声に、ヒイラギは、眼鏡の奥の瞳を揺らめかせた。

「ネコヤナギさん……」

「責めているわけでもないよ。ただ、お前を案じているだけだ。だから、いつまでも俯《うつむ》いてないで、顔を見せて。わたしが、着物も着替えずに真っ直ぐここに来た理由が、わからないお前じゃないだろう？　それとも、久しぶりに会えて嬉しいという言葉は、期待してはいけないのかな」

「……それは……勿論、嬉しいです」

促され、抱き寄せられて、ヒイラギはようやく……それでもまだ少し恨めしげに、ネコヤナギの飄々《ひょうひょう》とした顔を見上げた。

「ですが、くどいと思いつつも、今はまだ営業時間内ですよ？　早く戻らないと……」

だがネコヤナギは少しも動じず、ヒイラギの細い顎に手を掛ける。

「営業時間内に、店長がオーナーに店の現状を報告する……というのは、正しい業務上の行動なのではないかな」

「……これが、現状報告、ですか？」

「そうだね。まずは、お前の現状報告を聞くとしようか」

「あっ」

グイと腰を引かれたと思うと、ヒイラギはネコヤナギに抱きすくめられていた。

決して華奢ではないヒイラギなのだが、着物の下に隠された、意外なほど力強いネコヤナギの腕に抗《あらが》うすべはない。ようやく諦めたように、彼は身体から力を抜き、ネコヤナギにもたれかかった。

ネコヤナギの大きな手が、ヒイラギの背中をあやすように撫でる。

「おや？　少し痩せたかな」

「そんな……ことは」

「ない？　服の上からでは、どうにも確かめにくいね」

熱くなったヒイラギの耳に囁きを落とし、ネコヤナギはきちんと締めたヒイラギのネクタイを、指先で器用に解いてしまった。シュルッと音を立てて引き抜いたそれを、ヒイラ

ギの鼻先にぶら下げる。

「どう？」

「……何がです？」

「いや。お前は真面目だから、罪の意識を感じないように、よかったらこれで手首でも縛って、無理矢理感を演出してあげようかと」

「……っ！」

「何なら、わたしがこれから解く予定の腰紐《こしひも》も動員できるけど、どうしようか」

「け……結構、です」

思わぬ提案に、ヒイラギは端整な顔を引きつらせ、小さくかぶりを振る。そんな恋人の怯えように、ネコヤナギは楽しげに笑い、ヒイラギの顔から眼鏡をヒョイと奪い取った。

「では、このままで。心配しなくても、閉店までには下へ返してあげるよ」

「当たり前で……んっ」

ヒイラギの抗弁は、いきなりのキスで遮られる。本人と同じくらい強引で力強い唇と舌に言葉を奪われ、ネコヤナギの着物の袖を掴んだヒイラギの指に、ギュッと力がこもった。

「ふ……っ、ん、ぁ」

しっかりとヒイラギの背中を支えながら、ネコヤナギが遠慮なく体重を掛けてくる。

サラリとした感触の羽織と香の匂いに包み込まれ、妙な安心感を覚えつつ、ヒイラギは導かれるままに畳に倒れ込んだ……。

「あ……っ！」

押し殺し、掠れた声がヒイラギの唇から漏れる。ほどなく聞こえたネコヤナギの低い呻き声が、二人の行為の終わりを告げた。

荒い息を吐きながら、ヒイラギは畳の上にダラリと腕を下ろした。日の当たらない畳の冷たさが、火照った身体に心地よい。

隣の寝室にベッドがあるのに、結局、散らかった居間でことに及んでしまった。

しかも、互いに中途半端に衣服を乱しただけの、実に余裕のない交わりである。

ゆっくりとヒイラギから身体を離したネコヤナギは、その傍らにごろりと横たわった。乱れた裾からは、脛《すね》どころか腿《もも》まで覗いてしまっている。

しめ切った蒸し暑い室内に、二人のまだ整わない息づかいだけが響く。階下からは、何の物音も声も聞こえてこない。何ごともなく、平和な時間が経過している証拠だ。

やがて、小さく身じろぎして声を発したのは、ヒイラギだった。

「暑い。それに、背中が……痛い」

そんな色気も何もない不平に、ネコヤナギは、小さな声を立てて笑った。

「暑いのは、お前がエアコンをつけてないから。背中が痛いのは、お前が部屋を片付けないからだ。わたしだって、背中の下に雑誌があって、現在進行形で寝心地が悪いよ」

「……それは事実として認めるとしても、俺にエアコンをつける暇を与えてくれなかったのはあなたですし、五歩歩けばベッドがあるのに、こんなところで……その、始めてしまったのも、あなたです」

必死で手探りして眼鏡を探しつつ、ムキになって言い返すヒイラギを、ネコヤナギは面白そうに見やって言った。

「なるほど。確かにわたしが悪い。……まあとにかく、お前さんに関しては現状報告完了だね。お前は口が重いから、身体に訊いたほうが早い。元気そうで何より。そして相変わらず、わたしにぞっこんなようで何より」

「……っ」

「それで？」

「……はい？」

「髭を剃ってくれるんじゃなかったかな」

「俺はそのつもりでした。でもあなたが、他のことを始めたんじゃないですか」

ようやく眼鏡を見つけて視覚を確保したヒイラギは、身なりを整えながら、彼らしい小言を口にした。

「まったく、店長みずから勤務中にこんなことをしていては、他の店員たちに示しがつきません。……というか……後でどんな顔をして降りていけばいいやら、毛頭わかりませ
ん」

だが、ネコヤナギは両手を頭の下に敷き、屈託ない笑顔で言い返した。

「悪かった。でも、お前に操立てして、わたしは三ヶ月近くも禁欲生活を送ってきたんだよ？　顔を見るなり押し倒したくなったって、責められるようなことじゃないと思うんだけどね」

「それは俺だって……ッ」

まだ険しい顔のままで目元をうっすら上気させるヒイラギに、ネコヤナギは愛おしげに笑った。

「そんな顔をするものじゃない。ますます苛《いじ》めたり、からかったりしたくなる。あるいは、さっきやっぱり縛っておくべきだったかと」

「……どういうご趣味ですか」

「趣味じゃない、性癖だ。悪いね、とんだ変態で」

「そんなことは言っていません。……少し待っていてください」

身支度を終えたヒイラギは、エアコンのスイッチを入れてから、まだ少し気怠《けだる》げな重い足取りで部屋を出て行く。ほどなく戻ってきた彼は、熱い湯を満たした洗面器と、ヒゲ剃りの道具一式を携えていた。

「……どうぞ」

ヒイラギがネコヤナギの脇に正座すると、こちらも乱れた着物を整えたネコヤナギは、さも当然というようにその腿に頭を載せた。

「もう少し頭を深く載せて。顎を上げてください」

恥ずかしそうにしながらも、ヒイラギはネコヤナギの頭を落とそうとはしない。それは、ネコヤナギが帰国するたび繰り返されてきた、小さな儀式のようなものなのだ。

「少し熱いですよ」

そう言って、ヒイラギは蒸しタオルでネコヤナギの顔の下半分を覆った。気持ちよさそうに、ネコヤナギは目を閉じる。

「クーラーが効いてくると、蒸しタオルが心地いいものだね」

「……あとで、ご自宅でちゃんと入浴なさってください」

またしても小言めいたことを言いながら、ヒイラギは蒸しタオルを外し、ネコヤナギの顔に、シェービングクリームを塗り広げた。それから、レザーを手に取り、もみあげのあたりから丁寧に、上から下へと髭をあたっていく。

　真剣そのもののヒイラギの顔を真下から見上げて、ネコヤナギはふふっと笑った。

「大真面目だね」

　ヒイラギは、ややムッとした顔でネコヤナギを睨む。

「刃物をあなたの顔に当てているんですよ。真面目でなくてどうするんですか。そもそもシェーバーを使わせてくだされば、俺はこんなに緊張せずに済むんです」

「それじゃ、情緒も何もないじゃないか。心配しなくても、お前は髭剃りが上手いよ」

「それはまあ、最初よりは上達したと思いますが」

「ははは。最初のときは、酷かったな。さすがのわたしも、出血多量で死ぬ覚悟を決めた」

「そんな大袈裟な！　頬をほんの少し、切ってしまっただけじゃないですか」

　躍起になって反論するヒイラギの手の甲をポンと叩いて、ネコヤナギはおっとりした口調で諭した。

「そんなに大声を出すと、またどこか切ってしまうよ」

「うっ……」

言葉に詰まったヒイラギは、いったん呼吸を整えてから、ジャッ、ジャッ、と滑らかにカミソリを動かし始めた。三ヶ月ぶりの行為ではあるが、もう身体が慣れているので、戸惑うことはない。

ネコヤナギは、そんな恋人の端整な顔を見上げ、こちらも真顔で言った。

「それに、前に言っただろう？　これは大事なお前に、急所を晒《さら》して命を預けるという意思表示だと」

「今さら、そんな物騒な意思表示をしてくださらなくても、十分に大事にして頂いているという自覚はあります」

「そうかい。それはよかった」

四角四面の答えを、口元を微妙に歪《ゆが》めて赤い顔で返す恋人の顔を見上げ、ネコヤナギは満足げに瞬きした。

「そうそう。お前にも土産を買ってきたんだよ。あとで、荷ほどきを手伝ってくれたら、今夜のうちに渡してやれる」

「仕事が終わって、皆が帰ってからなら構いませんが……いったい何を買ってきてくださったんです？」

渋い顔をしつつも、土産と聞いて多少は心が躍るらしい。ヒイラギは、微妙に明るい声で問いかけた。ネコヤナギは簡潔に答える。

「ワイングラス。チェコで買った」

「チェコで？　では、ボヘミアンガラスですか？」

「お前が思っているような、色鮮やかなカットグラスではないよ。あんなデコラティブなものはわたしの好みじゃないし、だいいちお前に似合わない。買ったのは、森林ガラスだ」

　耳慣れないガラスの名前に、ヒイラギはカミソリを規則的に動かしながら眉をひそめる。

「森林ガラス？　何です、それは」

　カミソリが口の近くの微妙なところに差し掛かったので、ネコヤナギはあまり唇を動かさず、モゴモゴと答えた。

「ボヘミアングラスの手法が編み出されるずっと前……中世の昔にチェコで作られていた、素朴な緑色をした吹きガラスなんだ」

「緑色……？　だから『森林』ガラス、と？」

「それもあるし、燃料になる木がふんだんにある森に工房を構えていたからという説もあるね」

「……なるほど」

「今、敢《あ》えて中世のテクニックを復元して、当時の素朴なガラスを作ろうとする人々が少しずつ増えて来たそうだ。わたしも今度の旅で初めて見て、一目惚れしたよ」

楽しそうに語るネコヤナギを、ヒイラギは少し意外そうに見下ろした。

「珍しいですね、あなたがご存じなかった工芸品があるなんて、初耳です」

「それだけ世界は広いということさ。実はプラハの博物館で中世の森林ガラスを見たとき、お前みたいだと思ったんだ」

「……俺みたい……？」

「無骨で、そっけなくて、垢《あか》抜けない。でも素直で素朴で、よく見ると綺麗で……で、結局のところ、飽きない」

「つまりそれが、俺のイメージというわけですね」

「そうそう」

「……いささかリアクションに困ります」

複雑な面持ちで、ヒイラギは二つ折りのレザーを閉じ、再び湯に浸けて絞ったタオルで、ネコヤナギの綺麗に剃り上がった顔を丁寧に拭き始めた。

「どうして？　全部ひとくくりにすると、結局、『素敵』ってことなんだから、喜んでくれてもいいと思うけどね」

「そ……そ、う、ですか」

「うん。……顔が赤いよ？」

ネコヤナギは少し底意地の悪い笑みを浮かべ、片手を挙げた。手のひらで、熱くなったヒイラギの頬に触れる。その手のひらにみずから頬を押し当て、ヒイラギは伏し目がちに言った。

「では、ひとまずありがとうございますと言っておきます。それから、本当はもっと早く言おうと思っていたんですが……」

「うん？」

「お帰りなさい。ご無事で戻ってきてくださって、何よりでした」

飾らない、ありふれた言葉ではあるが、静かな想いを込めたヒイラギの声に、ネコヤナギは心底嬉しそうに顔をほころばせた。

「……ただいま。留守をしっかり守ってくれて、ありがとう」

頬に触れたままのネコヤナギの手に導かれるように、ヒイラギはゆっくりと上体を屈めた。

数え切れないほどキスを交わしてきたにもかかわらず、ヒイラギの唇は、いつもおずおずと、おっかなびっくりに触れてくる。そんな不器用な唇を自分の唇で受け止め、ネコヤナギはやわらかく包み込むような、年上の恋人らしい「ただいまのキス」をした……。


「……………さん」

「…………」

「シロタエさん！」

「あ、ああ、何、ナズナ？」

カウンター越しにナズナに話しかけられているのに気付き、グラスを磨いていたシロタエは、ハッと我に返った。

「オーダーお願いします。ダージリンのホット、ミルクで一つ、アイスチャイが一つ、以上です」

「かしこまりました。ダージリンホット、ミルクで一つ、アイスチャイ一つ」

注文を正確に復唱して、シロタエは紅茶を淹れるため、作業にかかる。

ケーキのオーダーを通すため厨房に行ってから、ナズナはそんなシロタエの元に戻ってきた。躊躇いながらも、横に立って小さな声で問いかける。

「あの、シロタエさん。大丈夫……ですか？」

さっきから、グラスを磨いたり、茶葉を出したりしながらも、シロタエはどこか心ここにあらずといった雰囲気だった。

余計なことは訊くなとタンジーに釘を刺されたことは覚えているが、そんなシロタエが心配で、ナズナは黙って見ていることができなかったのだ。

まだ子供っぽい顔に懸念の色を浮かべているナズナに、シロタエはいつもの笑顔と優しい声で返事をした。

「大丈夫って、何が？」

「あ……いえ、あの……えっと、シロタエさん、具合でも悪いのかなって」

声を掛けたものの、どう話を切り出していいかわからず、アワアワするナズナを見て、事情を察したのだろう。小鍋に沸かした湯に茶葉とスパイスを入れながら、シロタエはあっさり言った。

「ああ、そうか。お節介なあの二人のどっちかから、余計なことを聞いたわけね」

「えっ？　あ、いえ、あの、そんな」

「いいんだよ。そもそも片想いがバレちゃうあたり、僕が未熟なんだし。あいつらに悪気がないのも、心配してくれてるのもわかってる。大丈夫だよ。オーナーが帰ってくるたびに嫉妬に狂ってたら、副店長なんてやってられないでしょ」

「それはそうかもですけど……」

「それとも、頭の上で自分の好きな男が、他の男といいことしてるのを知ってて、よく平気でいられるねって？」

「そ……っ、そ、そ、そそそそ」

ヒソヒソ声ではあるが、あまりにもハッキリと生々しすぎることがらに言及され、純情なナズナは髪が逆立つほど動揺してしまう。

「僕は平気だし、同情も心配も要らないんだよ、ナズナ」

シロタエは細くて綺麗な人差し指で、ナズナの唇を軽く押さえて片目をつぶった。バクバクする心臓をシャツの上から押さえつつ、ナズナは大きな目で「どうして」と問いかける。

するとシロタエは、煮出している紅茶の濃さを注意深く見守りながら言った。

「ヒイラギは、高校時代からちっとも変わらないんだ。かっこいいけど鈍感で、真面目で、融通が利かなくて、頑固で、でも素直で、謙虚《けんきょ》で」

「……ホントに今の店長とおんなじですね」

「そうなんだよ。僕はあいつのそういうところが好きだし、今も変わらないでいてくれて嬉しい。そういうあいつを丸ごと愛してくれる人と巡り会って、幸せそうにしているのも嬉しい。本当だよ？」

「それって、オーナーのことですよね。僕、あんまり恋愛経験なくて、よくわかんないですけど……。でも、そんなに長い間、片想いし続けるって、苦しくないんですか？」

躊躇いがちなナズナの質問に、シロタエは世間話でもするような調子で即答する。

「そりゃ苦しいさ。決まってるじゃない」

「だったら、やっぱり……」

「君は素直で可愛いね、ナズナ。だけど、僕は素直じゃないんだ。報われちゃったら、つまらない」

「えっ？」

キョトンとするナズナの額を指先でちょんとつついて、シロタエは綺麗な顔に謎めいた微笑を浮かべた。

「本当に好きなものには、手が届かないままでいてほしいんだ」

予想もしなかったシロタエの言葉に、ナズナはポカンとしてしまう。

「え、えええ……っ？　届いたほうが、よくないですか？」

「手が届いたら……あいつが僕のものになったら、それまでじゃないか」

「……え？」

「あいつは変わらず素敵なままだろうけど、僕はきっと安心して、自分を磨くことを怠けてしまう。そういう温《ぬる》い感じ、本当に嫌なんだ」

「……はあ」

「あいつはネコヤナギさんが心から好きだから、僕をそういう目で見ることはない。それを知りつつも、あいつの傍にいて、あいつに昔と変わらず親友として頼られている今の立場って、ある意味凄く理想的なんだよね」

「…………?」

シロタエの言うことがよく理解できず、ナズナはただ目を白黒させるしかない。そんなナズナをむしろ面白そうに横目で見やり、シロタエは小鍋に牛乳を注《そそ》いだ。

「出会った頃に比べれば、僕はずいぶんスキルアップして、今、こうしてヒイラギの右腕を務められるようになった。でも、あいつはまだ僕の想いに気付かないし、僕に恋心を抱きもしない。ということは、僕にはまだまだ自分をブラッシュアップするチャンスがあるってこと。いつの日か、あいつが恋せざるを得ないような僕になるために。ね、片想いって素敵でしょ、ナズナ」

「そ……う、です、か?」

短い疑問文を口にするのがやっとのナズナに、シロタエは極上の笑顔で頷いた。

「そうだよ。だから僕は、報われない恋をしている自分が大好きなんだ。同じ人物に延々恋をし続けることができて、自分を磨き続けることもできる。最高だよ。同情は要らないって言った理由、わかった？」

「わかったような、わからないような……」

「今はわからなくても、そのうちわかる……かな？　まあ別に、わからなくてもいいんだ。僕の気持ちは、僕がわかってればいいんだからね。さて、ドリンクはじきに用意できるよ。スイーツもそろそろじゃない？　見ておいで」

「は……はいっ」

盛んに首を捻りながらも、ナズナは厨房へ戻った。

「おう、グレープフルーツとココナッツのパルフェ、それからレモンパイ、ちょうど出そうと思ったとこや」

タンジーが大きな身体を屈め、ごつい手で最後の飾り付けであるミントの葉をパイの上に載せながら、ナズナに声を掛けてくる。

まだ狐《きつね》につままれたような顔でタンジーに歩み寄ったナズナは、厨房を見回した。

「マリさんは？」

「マリやったら、フードの注文があれへんから、また庭へ出たで。あいつに何か用か？」

「いえ。……す、すいません。僕、シロタエさんに訊いちゃいました。あのこと。タンジーさんに止められてたのに」

「……末っ子は言うこときかんてホンマやな。お前みたいな奴でもそうか。……で？」

嘆息しつつも別段怒ってはいない口調で、タンジーは訊ねてくる。ナズナは、首を傾げながら応えた。

「シロタエさんは、報われない恋をしてるほうが、自分が成長できていい……みたいなこと言ってました。ホントかなあ。僕なんかは、好きな人とは両思いになれたほうが、嬉しいと思うんですけど」

「ま、普通はな」

「……タンジーさんだって、エイスケ君と両思いで、幸せそうですもんね」

「アホ。俺のことはええねん」

げんこつでごく軽くナズナの頭を小突き、タンジーは照れくさそうに顔を歪めて肩を揺すった。

「まあ、シロタエがそう考えるのも自由。それをホンマやと信じるのも疑うのも自由。マリみたいに、お節介で勝手に気を揉むんも自由。……俺みたいにどうでもええと思うのも自由やし、お前みたいに、理解できんで悩むんも自由や」

「……それは……確かに」

「せやけど、ただ一つ忘れたらあかんことは、ここが職場やっちゅうことやぞ、ナズナ。俺らが今考えるんは、お客さんに旨いケーキと旨いお茶を、最高のタイミングで出すことや。……ほれ、はよ持っていけ。俺の自信作が、乾いてまうやろが」

「うわあ、はい、すいません！　今すぐ運びますっ！」

「……慌てて落とすなや」

タンジーに諭され、ナズナは慌ててトレイにスイーツを載せ、背中で扉を開けて厨房を出た。

ドリンクは、シロタエが自ら客席にサービスしている。長い片想いなど胸の奥底に秘め、にこやかに紅茶の説明をしているシロタエの姿を見ながら、ナズナは思わず、心からの呟きを漏らした。

「恋って難しいんだなあ……。僕もいつか、ここで自分の恋の話をすることがあるのかな。……もうホント、誰が相手でも、普通の、ささやかな恋でいいんだけど……」

ナズナ君は見た！①

……
暇なんだったら立ってないで座ればいいのにここ空いてるし
…
仕事中ですから
さわさわ
どきどき
そわそわ
…
…
だいたいシラーがいて
空いてないですよ
あはは
そお？
…
どう思う？
きっぱり
さっ
あいてないと思います

ナズナ君は見た！②

ひょい
店長レジ～
あ　はい…
やれやれ
ニャー
あーあ
行っちゃった　つまんないなぁ
僕もです
へぇ…お前さんとは気が合うみたいだねぇ
ふっはは
そうですねぇ
わ…笑ってる！
どうぞ♥
あっはっは
ありがとう
ふふふ
たんっ

その4 それぞれの時間／くろねこ屋の休日編

うだるような暑さで、ヒイラギは深い眠りから少しずつ目覚めつつあった。

閉じた瞼の向こう側で、朝の白い光がちらつくのがわかる。ずいぶん眩しいから、もうすっかり日が上っているのだろう。

(……あ……つい……?)

真夏だから暑いのは当たり前だが、延々と続く熱帯夜に耐えかね、昨夜は冷房を緩くかけたまま眠りについたはずだ。

(もう……朝、か。何時だろうな……)

今日は、彼が店長を務めるカフェ「くろねこ屋」の定休日である。のんびりと昼過ぎまで惰眠を貪る予定で、目覚まし時計はセットしていなかった。

(暑いのは、シラーがすぐ近くで寝ているせいか? いや、そんなはずはない)

店の看板猫シラーは、普段、ヒイラギと一緒に店の二階で寝起きしている。

しかし、飼い主であるオーナーのネコヤナギが在宅しているときは、母屋に入り浸りである。

やはり、単なる世話係と見なしているヒイラギよりは、ご主人様であるネコヤナギの傍がいいらしい。ネコヤナギが帰国して三日が経つが、シラーは一度もヒイラギの部屋には顔を出していない。

（だとしたら……何だ、この暑さは。しかも、熱が……何だか、変な具合に……）

まだ眠りの世界に半分気持ちを残しつつも、ヒイラギは違和感に眉根を寄せた。

「……ん……っ」

自分の口から、鼻にかかった妙に甘い声が漏れているのも、全身がじっとりと汗ばんでいるのもわかる。

しかもその熱は、室温のせいでもタオルケットのせいでもなく、みずからの身体の奥底から湧き上がってくるようで……。

次第に意識がハッキリするに従い、どうしようもない疼きが下半身から背筋に添って這い上がってくる。

「は……っ、ぁ……？」

ただ眠っていただけなのに、呼吸までが妙に荒い。薄く目を開け、周囲を見回したヒイラギは、たちまち息を呑んだ。

あろうことか、身体に掛けてあったタオルケットが取り去られ、きちんと着ていたはずのパジャマのズボンだけが下着ごと脱がされ……。

そして、大きく開かれた両脚の間から、見慣れた恋人の……ネコヤナギの顔が覗いていたのである。

「……ッ」

「やあ、ほひゃよう」

屹立《きつりつ》したヒイラギのそれを口に含んでいるせいで、ネコヤナギは不明瞭な口調でおはようの挨拶をし、ニッと悪戯小僧のような顔で笑った。

「………⁉」

あまりの事態に、ヒイラギは目を裂けんばかりに見開いたまま、酸欠の金魚のように口をぱくぱくさせるばかりである。

(な……んなんだ、この人は……ッ)

どうやら、身体の内側から湧き出し、大きく渦を巻くこの熱の原因は、眠っている彼にネコヤナギが仕掛けた「悪戯」だったらしい。

(なんて……なんてことを……!)

状況を理解するにつれて、大きすぎる驚きの後ろから、限界値を越えた羞恥が押し寄せてくる。

「よくも、こ……んな、こと……っ」

ハッと我に返ったヒイラギは、両肘を布団に突き、半ば反射的にネコヤナギから逃げようとした。

Anniversary BOX 応募券貼付欄

※応募券が剥がれた場合は無効となりますのでしっかりと貼りつけて下さい。
応募要項の詳細についてはこの用紙表面をご覧下さい。

Ticket! Ticket!

Ticket! Ticket!

Ticket! Ticket!

Ticket! Ticket!

Ticket! Ticket!

お名前	年齢
ご住所　〒	tel

プラチナ文庫とCannaの豪華執筆陣による、書き下ろし小冊子

「Anniversary BOX」応募者全員サービス!

※執筆陣などの詳細は順次発表いたします。

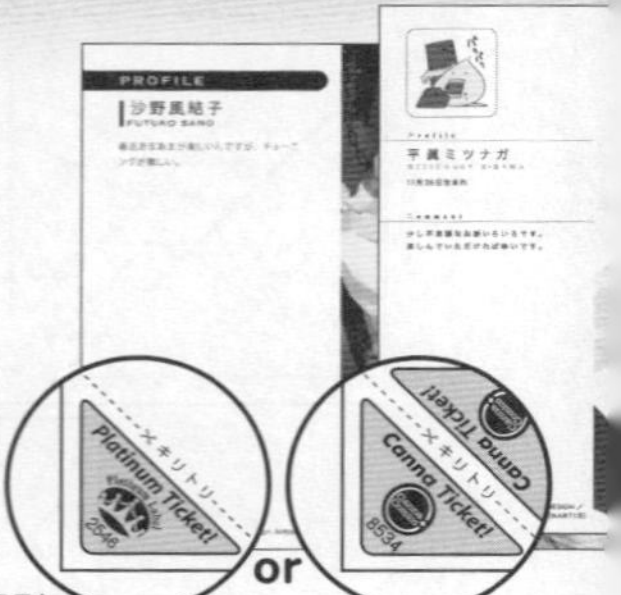

3月から8月に発売されるプラチナ文庫とCanna Comics、アンソロジーCannaには、各2枚の「Platinum Ticket」と「Canna Ticket」が付いています。プラチナ文庫の既刊についている「Platinum Ticket」でもご応募いただけます。計10枚集めてご応募ください。

また、この応募用紙は、プラチナ文庫とCanna Comicsの3月刊から8月刊の投げ込み、またはアンソロジーCanna Vol.29(4月発売)からVol.31(8月発売)の誌面に付いています。

◆応募方法◆

①プラチナ文庫とCanna Comicsの3月刊から8月刊、またはアンソロジーCanna Vol.29(4月発売)からVol.31(8月発売)についている「Platinum Ticket」「Canna Ticket」を10枚集めてこの用紙の裏面に貼り、それぞれ記入欄に、郵便番号・住所・氏名・電話番号などの必要事項を明記してください。

②無記名の定額小為替300円分と、①の応募用紙を封筒に入れて下記のあて先までお送りください。

〒102-0072
東京都千代田区飯田橋3-3-1
プランタン出版編集部　アニバーサリーBOX　係

◆応募締め切り◆

2013年9月30日(当日消印有効)　※発送は12月頃を予定しております。

◆注意事項◆

・一つの封筒でのご応募は一口までです。
・応募用紙はコピー不可です。黒または青のボールペンではっきりと記入してください。
・小為替は発行した日付から一ヵ月以内のものに限ります。小為替の半券(控え)は、品物が届くまで必ず保管してください。半券がない場合、お問い合わせに対応できないこともございます。
・小為替は必要以上の金額をいただいても返金はいたしかねます。また、金額不足の場合および定額小為替以外での申し込みは無効となりますのでご注意ください。
・メール便での発送を予定しております。住所の変更などございましたら、お手数ですがお問い合わせ先までご連絡ください。また、郵便局留めはご遠慮ください。
・封書の裏面には必ずリターンアドレス(ご住所・お名前)をご記入ください。
・発送先は国内のみとさせていただきます。
・締め切りが過ぎたものや、応募条件を満たしていないものは受付できません。
※ご記入いただきました個人情報は、発送、事故処理のみに使用いたします。お客様の承諾を得た場合を除き、第三者に提供することは一切ございません。

●お問い合わせ●
プランタン出版編集部　03-5226-5742　(土日祝日を除く平日/11時〜18時)

だが、一瞬早く行動を起こしたネコヤナギは、ヒイラギのすっかり勃《た》ち上がったものから口を離し、驚くほど素速くヒイラギに覆い被《かぶ》さってしまった。

「こら。起きるなり逃げるのは酷いだろう。お前が気持ちよく眠っている間、わたしはさんざん奉仕したのに」

下半身だけ剝き出しにされた無様な格好の自分に対して、ネコヤナギは着流しの襟元を僅かにくつろげただけである。

その麻の着物地に、浅ましく昂《たか》ぶったものの先端が擦れ、ヒイラギは思わず上擦った声を上げた。

「んあっ……、な、何を……してらっしゃるんですかっ」

一方のネコヤナギは、組み伏せたヒイラギの前髪を掻き上げ、ニヤリとした。唾液と自分の先走りで濡れたネコヤナギの唇に、ヒイラギは白い顔を赤らめる。

「何って、本当は夜這いしようと思ったんだけど、昨夜出たパーティ、三次会までつきあったら、すっかり夜が明けてしまってね。でも、店が休みの日しか、お前としっぽり過ごすことができないだろう？　だから、朝からこうして忍んできたというわけだ」

「だ……だったら、起こしてくだされればいいものを、どうして、こ、こ、こんな寝込みを襲うような……」

ンコヤナギ

「最初は起こすつもりだったんだよ」

ネコヤナギは、渦巻く熱に喘ぐヒイラギの唇にキスを落とし、品よく整っているのにどこかワイルドな顔を、ヒイラギの戸惑い顔にぐっと近づけた。

「でも、お前があんまり険しい、苦しそうな顔で寝ているから。きっと悪い夢を見ているんだろうなと思ったんだ」

「それなら、余計に起こしてほし……」

「だったら、悪い夢をわたしが甘い夢に変えてやろうと思ってね。ロマンチックだろう？」

「そ……んな……っ、あっ！」

ネコヤナギの骨太の腕が、スルリとヒイラギの後ろに回る。

「ちょうどいいところで起きてくれて助かったよ。もう、こっちの準備もできているのに、いつまでもすやすや眠っているからどうしたものかと思っていたところだ」

そんな言葉と共に、既に熱を持って潤んだ入り口にグッと指の腹をあてがわれ、ヒイラギは熱い吐息を漏らした。

「ふ……っ、う」

「起きているときのお前は、恥ずかしがって我慢するけれど、眠っているお前は素直に感じてくれて楽しかったよ。……よもや、ここまで来て拒むなんて、そんな意地悪はしない

だろう……?」

不敵に笑って囁きながら、ネコヤナギは着物越しにみずからの熱をヒイラギの太腿に押し当てる。

ステンドグラス越しに差し込む朝の光から逃れるように、ヒイラギはネコヤナギの着物の胸に額を押しつけ、もそもそと答えた。

「あなたを拒んだことなんて……一度もないじゃないですか」

そんな言葉を裏付けるように、ヒイラギのすらりとした両脚が、おずおずと躊躇いがちにネコヤナギの腰を挟み込む。

「……いい子だ。いつまで経っても可愛いままだね、お前さんは」

しみじみと呟くと、ネコヤナギは燃えるように熱くなったヒイラギの耳にキスした。そして、「明るいのが恥ずかしいなら、しがみついておいで」と囁くと、着物の裾を割り、下帯を着けたままみずからの猛りを露わにした。たっぷりとヒイラギを愛撫していたせいで、それはすでに十分過ぎるほどの力を帯びている。

「ですから、その可愛いというのは……っ、あ、ああっ」

夢うつつの間に念入りに解されていたヒイラギのそこは、容赦なくねじ込まれるネコヤナギの熱を柔らかく受け入れ、包み込む。

「目覚めたら、身体の準備がすべて整っている……というのは、いったいどういう気分なんだろうね」

「くっ……し、しらな……っ、ぁ」

ネコヤナギにギュッと抱きつき、その胸に顔を押し当てたまま、ヒイラギは小さくかぶりを振った。緩い突き上げに、くぐもった嬌声《きょうせい》が漏れる。熱い吐息が、薄い生地越しにネコヤナギの肌を湿らせた。

「少なくとも、悪くはないみたいだね。いつもより感じやすい。……ほら」

「んあっ！　あ……ッ」

大きく腰をグラインドされ、絶妙の角度で突き上げられて、ヒイラギは思わず高い声を上げる。ネコヤナギの着物に焚《た》きしめられた上品な香の匂いと、その下から嗅ぎ取れる微かな男の体臭。そのコントラストが、ヒイラギを奇妙なほど興奮させた。

「あ、はあっ、や、あ……っ」

突き上げが徐々に深くなり、ネコヤナギの着物や下帯が敏感な内股に擦れる。柔らかな布の感触までが倒錯めいた刺激になって、ヒイラギの頑固な理性も、ついに陥落した。

「ふ……ぅ、んんっ……」

「わかっているよ。もっと、だろう？」

熱っぽい声で囁かれ、首筋に歯を立てられる。欲しがらなくても過剰なまでに与えられ、同時に欲しいだけ容赦なく奪われ……ヒイラギはただ感じるままに声を上げ、恋人の広い背中にきつく爪を立てた……。


「……本当に、夢を見ていました。昔の夢です」

どうにかパジャマだけは身につけたものの、まだ起き上がるには気怠すぎるらしい。何も掛けずベッドに仰向《あおむ》けに横たわったヒイラギは、杉板の天井を見上げてぽつりと言った。

傍らに手枕で寝そべったネコヤナギは、面白そうに問いかける。

「昔の夢？　子供の頃とか？」

「いえ、そこまで昔ではなく……銀行で働いていた頃の」

「……ああ」

ネコヤナギは軽く眉をひそめた。何か軽口を叩こうとして、けれど思い直したのか、唇を結んでしまう。そんなネコヤナギの微妙な表情を見て、ヒイラギはどこか困った様子でサイドテーブルから眼鏡を取り、掛けながら口を開いた。

「気を遣わないでください。そう、あのことです。俺が融資を断った町工場の経営者が、首を吊《つ》って亡くなったと聞かされたときの……あの……」

ヒイラギの呟きめいた声を、ネコヤナギは珍しいほど強い語調で遮った。

「あれはお前のせいじゃない。お前はただの下っ端で、融資の可否を決定したのは、お前の上司と、そのまた上司あたりだったんじゃないか」

だがヒイラギは、静かにかぶりを振った。

「だとしても、その決定を直接お客様にお伝えしたのは……俺でした。今でも思うんです。もっと上手な伝え方があったんじゃないか。死ぬ程のショックを与えずに済む言い方があったんじゃないか。俺さえもっと器用なら……。あるいは、俺がもっと親身に……」

ヒイラギの声が乱れ始めたのを敏感に感じとり、ネコヤナギはいつも鷹揚な彼にしてはいささか乱暴な切り口上で話を遮った。

「お前さんは、銀行員としては十分過ぎるほどそのお客さんに親身だったよ。それはわたしが、誰よりもよく知っている」

「……ネコヤナギさん……」

「うちの営業担当だった当時のお前が、幽霊みたいに青い顔で商談に来て……。どうしたんだと話を聞くうちに泣き崩れたときは、ビックリしたねえ」

重い空気をさりげなく吹き払うように、ネコヤナギはからかい口調でそんなことを言う。

ヒイラギは、生真面目な顔を再び赤らめた。

「それは……その、銀行員として本当に自覚が足らず、申し訳なかったと……っ」

ヒイラギの唇に指先を当てて黙らせ、ネコヤナギは片目をつぶってみせた。

「驚いたけれど、可愛いと思った。お前はとても素直で純粋で繊細で……まるで、間違って野に放たれてしまったカナリアみたいだったよ。せっかく広い世界に出たというのに、餌を得るすべも、行く先も、すべきことも何もわからない……そんな哀《あわ》れな小鳥だった」

「……そのたとえは、男としてどうかと」

いささか心外そうに顔をしかめるヒイラギの頰を撫で、ネコヤナギはおかしそうに笑った。

「本当にそうだったんだから、仕方ないだろう。だからこそ、かつて子猫だったシラーを拾ったときのように、懐に入れて守ってやりたくなった。それでわたしは、お前を口説き落とし、銀行を辞めさせ、この店の店長にしたんだ」

「それではまるで、俺があなたに囲われているみたいじゃないですか」

さすがにムッとした顔でヒイラギは不平を言った。だがネコヤナギは、そんな怒り顔にも愛おしげに目を細める。

「そんなつもりじゃないさ。弱ったカナリアを保護したから、とりあえず手持ちの鳥籠に入れてみた。それだけのことだ」

「その鳥籠が、『くろねこ屋』ですか」

「そう。ここはわたしのための店だけれど、お前のための大きな鳥籠でもある。気に入ったら居着くだろう、気に入らなければ、飛び立つだろう……。そう思って、扉を開けたまま何度も旅に出たけれど、お前はずっとわたしの帰りを待っているね。いつも心の読めないポーカーフェイスだけれど、この場所が気に入っていると思っていてもいいのかな？」

ヒイラギは、ネコヤナギの大きな手のひらに頬を預けたまま、瞬きで頷いた。その顔からは、さっき見せた怒りの色はない。

「店も、店長の仕事も、この住み処も好きです。それから……あなたのことも。ですから今のところ、飛び立つ予定はありません」

最後のほうは視線を逸《そ》らして、しかも早口言葉のようなスピードで本心を告げたヒイラギに、ネコヤナギは嬉しそうに破顔した。

「そう。それはよかった。今となっては、この籠が空っぽになっている光景を想像すると、わたしのほうが泣けてきそうだからね。……それに、綺麗なカナリアを飼ったら、色んな小鳥たちが集まってきた。賑やかな鳥籠になったじゃないか」

そんなたとえに、いつも表情に乏しいヒイラギも、口元をほころばせた。

「みんな、いい仲間です。俺みたいに頼りない店長でも、よく働いてくれます」

「……特にシロタエ、とか？」

ネコヤナギはどこか意味ありげに訊ねたが、ヒイラギは素直に頷く。

「はい。あいつとは高校時代からのつきあいですから。……俺は何もしてやれないのに、ことあるごとに助けてくれる大事な友達です」

「大事な友達……か」

ネコヤナギは、どこか優越感の漂う表情で、友達という言葉を声に出す。ヒイラギは、不思議そうにネコヤナギを見た。

「はい？」

「いや、何でもない。お前のそういう鈍感なところも、わたしは気に入っているんだ」

「……は？」

「でも、わたしのことはちゃんと恋人と認識してくれているんだろうね？」

真顔でそう問われ、優しく髪を梳《す》かれて、ヒイラギの顔にみるみる赤みが差していく。

「そ……そ、そうでなければ、朝からこんなことには……ッ」

「はは、それもそうだ。……外はもう、ずいぶんと暑いんだろうな」

ネコヤナギは自分もごろりと仰向けになった。うなじに手を差し入れられ、促されるままに、ヒイラギはネコヤナギに寄り添う。

ふと沈黙した二人の耳に、遠く、カシャン、カシャン……という小気味いい音が聞こえてきた。庭師の東《あずま》が操る、大きな鋏《はさみ》の音だろう。

「東君は、今日も庭の手入れをしてくれているんだな。土曜日だというのに甲斐甲斐しいことだ」

そんなネコヤナギの言葉に、ヒイラギはふと思い出したように口を開いた。

「そういえば、いつの間にか母屋に下宿人がいらっしゃるんですね。それもイギリスの方とか。先日、偶然お会いして驚きました。言っておいてくだされぱいいのに」

「そのうち会うだろうと思っていたから。いい子だから、たまに構ってやっておくれ。東君とはもう茶飲み友達になったらしい」

「茶飲み友達？」

「うん。東君は年がら年中、うちの庭を手入れしてくれているからねえ。わたしの留守中、お茶とおやつを出してやれないのが唯一気がかりだったんだが、今は彼がちゃんとしてくれているようで、大助かりだよ」

「そのくらい、言ってくだされぱこちらでしましたのに」

「駄目だよ。わたしがお前に任せたのは、この店だけだ。母屋の面倒まで押しつけては、お前のストレスが増大してしまうだろう？」

「ストレスだなんて、大袈裟ですよ」

「お前の性分は、お前以上にわかっているつもりだよ。母屋の用事を一つ任せれば、あっという間にすべてのことが気になる。お前はそういう子だ」

色々気になりすぎる性格をズバリと見抜かれ、ヒイラギはうっと言葉に詰まる。

「…………」

「わたしは、お前に幸せになってほしくて、ここに連れてきた。気苦労をさせたいわけじゃない。あのときみたいな死にそうな泣き顔は、二度と見たくないんだ」

「ネコヤナギさん……」

途方にくれた顔をするヒイラギの額に自分の額をこつんと当て、ネコヤナギはほろりと笑った。

「わたしはねえ、ヒイラギ。自分が気ままに見えることは自覚しているけれど、これでもいったん懐に入れたもののことは、いつも気にしているんだよ」

「本当……ですか?」

「ああ。遠い海の向こうにいても、店のわたしの指定席でシラーが呑気に欠伸《あくび》をしているように、そしてカウンターの奥でお前がご機嫌にコーヒーを淹れているように……いつもそう祈ってる」

「……俺はシラーと同列ですか」

「おや、珍しく嫉妬かい？　嬉しいね。それでこそ、徹夜明けで逢瀬《おうせ》を敢行した甲斐があったというものだ」

本当に嬉しそうにそう言いながら、ネコヤナギはヒイラギの顔からヒョイと眼鏡を外した。それをサイドテーブルに置きがてら、ごく自然な流れを装い、ヒイラギを再び組み敷いてしまう。

「え？　ま、まさか、また……？」

戸惑いと怯えが入り交じったヒイラギの顔を見下ろし、ネコヤナギは獰猛《どうもう》な笑みを浮かべて言った。

「いいじゃないか。店は定休日だし、何よりまだ午前中だよ」

「それはそうですが、せっかく着たものをまた脱ぐのは無駄が多……あっ」

本人は大真面目なのだが、今の退廃的な雰囲気にはまったくそぐわない台詞をヒイラギは口にしようとする。だがネコヤナギは、そうした現実的すぎる言葉を、深いキスで奪い去ってしまった。

「んっ……う、ふっ……」

抗議の呻き声はすぐに消え、本当は嫌がってはいない証拠に、ヒイラギの両腕がネコヤナギの首にゆっくりと回される。

だだっ広い寝室は、再び衣擦れと、古いベッドが軋む音、そして押し殺した微かな声だけが響く空間になったのだった……。


「あれ、マリ？」

背後から聞き慣れた声に名前を……しかも本名でなく職場での名前を呼ばれて、アマリネはビックリして振り返った。

そこにいたのは、予想どおりの人物……「くろねこ屋」の副店長、シロタエだったのだ。

店の外でアマリネがシロタエと顔を合わせるのは、これが初めてだった。

二人とも、店に出勤するときに着ている私服と同じような服装……アマリネはずっと前に解散したロックバンドのツアーTシャツとダメージジーンズ、シロタエは白い半袖シャツにネイビーのベスト、それにチノパンという装いである。シロタエはさらに、涼しげなジュートのハットを被っていた。

「奇遇だね、こんなところで会うなんて」

「お……おう」

アマリネは少し戸惑いがちに、それでも片手を軽く上げて挨拶した。

二人が今いるのは、地元でいちばん大規模なホームセンター、しかも建物の外の園芸コーナーである。午前中とはいえ日差しが強く、二人の他に客の姿はごくまばらだった。

シロタエは、アマリネの提げているバスケットの中身を覗き込む。そこには、丸い球根が大量に入っていた。

「おやおや。休みの日なのに、店の庭のために買い物？」

「休みでないと、ゆっくり選べねえから」

「それもそうか。何を植えるの？」

「コルチカムとか、サフランとか、オキザリスとか……って、言ってもわかんねえだろ。秋になりゃ、花が咲くさ」

アマリネの口調はぶっきらぼうだが、シロタエは気にする様子もなく、感心したように頷いた。

「ふーん……。これから植えるんだ？　大変だね」

「好きでやってることだから、大変とかじゃねえよ。……つーか」

アマリネは、訝しそうにシロタエを見た。彼のバスケットには、まだ何も入っていない。

「何？」

「や、あんたみたいな人でも、ホームセンターなんか来るんだなと思って」

「僕が来ちゃおかしいかい？」

シロタエの口調はいつもどおり穏やかだし、白い顔にも微笑が浮かんでいるが、その声にも表情にも、どこかつっかかるような険がある。アマリネは、少し気圧《けお》された様子できまり悪そうに答えた。

「いや、別にそういうわけじゃねえけど。何つーか、あんたはこう……こういう庶民的な店じゃなくて、もっとお洒落な雑貨屋とかに行きそうな雰囲気だからよ」

「ああ、そりゃ自分のものを買うときには、そういうところへ行くさ」

「……今日は違うのかよ？」

「うん。今日は、店の厨房の食器棚用シートを買いに来たんだ。建物に入ろうとしたら、外にマリがいるのを見かけたから」

思いがけない言葉に、アマリネは目を見張った。

「食器棚用シート？」

シロタエはあっさり頷く。

「うん。まさか、敷いてあるの気付いてなかった？」

「あ、いや。俺、てっきり、あれはタンジーがやってくれてんのかと」

「タンジーもマリも、調理だけで十分忙しいでしょ。だから、そういうことは僕がやることにしてるんだ」

「そ……そうだったのか。悪ぃ」

　見かけによらず人のいいアマリネは、つい頭を掻いて謝ってしまう。シロタエは、ようやく屈託のない笑みを浮かべた。

「謝ってもらう必要なんてないよ。僕が勝手にしてることだもの。一応、防虫、防菌加工の紙を敷いてるから、年に一度は交換しないとね」

「なるほど……」

「僕のほうも、そんな作業、店が休みの日にしかできないだろ？　だから」

「ち、ちょっと待てよ。もしかして、今日行く気か？」

　アマリネはシロタエの言葉に顔色を変えた。だがシロタエは、平然と頷く。

「そうだよ。どうして？」

「どうしてって、店ん中に入る気か？」

「入らないで、どうやって作業するのさ。僕とヒイラギは、オーナーから店の鍵を預かってるもの。休みの日でも入れるよ？」

「そ……そういうこっちゃなくて！」

「じゃあ、どういうことなの」

「だ……だから……っ」

「だから？」

涼しい顔で小首を傾げるシロタエに、アマリネはしどろもどろになり、斜め横を向いて吐き捨てるように言った。

「今、オーナー帰って来てるし……っ。も、も、もしかたら、オーナーと店長、店の二階で一緒にいるかも……じゃねえか！」

いかにも気まずそうに横を向いてしまったアマリネに対して、シロタエはほんの少し形のいい眉根を寄せただけだった。

「それが、何？」

「何って……」

「用があるのは厨房だけだから、二階の邪魔にはならないよ。物音もさして立てないと思うし」

「そういうことじゃねえだろ！」

「……じゃあ、どういうことさ」

「どういうって……平気なのかよ？　あんた、ずっと好きなくせに、店長のこと！」

売り言葉に買い言葉状態でうっかり吐き出してしまった台詞に、アマリネはしまったという顔つきになる。一方のシロタエの顔からも、さっきまでのそつのない笑みが拭《ぬぐ》ったように消えた。

他の誰にも見せないような冷ややかな表情と声で、シロタエは再び「だから？」と言った。

決して声を荒らげたわけではないのに、アマリネは明らかにたじろいで口ごもる。

「だ……から、って……」

「ヒイラギは超鈍感だから、僕の彼に対する気持ちを他の全員が知ってても、彼だけは絶対に気付かないよ。これまでも、きっとこれからもね。だから関係ない」

「関係ないって、あんた……」

「わかってるだろ。ヒイラギはオーナーのことが好きだし、オーナーだってヒイラギに出会ってからは、あいつ一筋みたいだし」

「みてえだな。営業時間内に店長を二階に引っ張り込んで、あんたに仲を見せつける程度には、オーナー、店長に執着してるんじゃねえの」

吐き捨てるようにアマリネは言ったが、シロタエはあっさり同意する。

「いいじゃない。相思相愛でヒイラギが幸せなら、僕も嬉しいよ」

「好きな奴が他の男とラブラブなのを見て、嬉しいわけがねえだろ。強がんなよ」

「強がってなんかいないさ。ヒイラギには、あんな風に丸ごと受け止めて包んでくれる相手がお似合いだ。僕にはそこまでの甲斐性も優しさもないから、オーナー以上に自分がヒイラギにふさわしい、なんてことは言えないもの」

理路整然と自分やヒイラギの性格を分析するシロタエに、アマリネは唇を歪め、小さく舌打ちした。

「そういうもんか？　俺ぁバカだからわかんねえよ、んな、ねじくれた考え」

いかにも不愉快そうな態度に、シロタエもムッとした様子で言い返した。

「ねえ、マリ。こないだから、何をカリカリしてるのさ。僕が何かした？」

「……別に何も。ただ、ナズナがタンジーにコソコソ話してんのを、立ち聞きした」

「何をさ？」

「あんたは店長に片想いしてる自分が好きなんだって。好きな相手に手が届かないほうが、自分を高めることができていい……とか何とか、そういうわけわかんない寝言を言ったんだろ、あいつに」

「寝言じゃないよ。僕は本気でそう思ってる。……っていうか、どうしてそれでマリが怒るの」

「俺は……俺は、別に怒ってんじゃねえよ」

明らかに苛立っているアマリネを、シロタエは呆れ顔で見やる。

「現に今、怒ってるじゃない」

「怒ってんじゃねえ、イライラしてんだ！」

文字通り地団駄を踏み、アマリネは声を荒らげた。その語調の激しさに、品物を補充しに来た店員が、二人を振り返りながら通り過ぎていく。シロタエは、迷惑そうに眉をひそめた。

「ちょっと。何でもいいけど、馬鹿みたいな大声出さないで。……だったら、どうして僕のことで、マリがイライラするわけ？」

「嫌だからに決まってんだろが！」

「何が？」

「そういうのが。あんたがよくても、俺が嫌なんだよ、あんたがそういうさ……何て言やいいんだ？　報われない相手にこだわり続けてる、みたいなのを見んのがさ」

「……ふーん……？」

「店長が振り向いてくれないことが、自分の成長に繋がる……百歩譲ってそれがマジだとしてもさ。やっぱ、一生ひとりぼっちとか、やだろ。誰かに想っててほしいもんだろ、人間なんて。だから……どう言やいいんだ？　あんたもいつかは報われてほしいってか、何てーか……」

それを聞いたシロタエは、一瞬ぽかんとした顔になり……そして、いきなり噴き出した。

アマリネは、顔を真っ赤にして怒り出す。

「な、何だよ！　何笑ってんだ、畜生。俺は本気で……」

「だって、それってさ。マリが僕と付き合いたいってこと？」

まだクスクス笑いながらのシロタエの突然の打診に、アマリネは目を剝く。

「は？」

「付き合ってもいいよ。だってマリ、僕のこと、好きなんでしょう？」

シロタエはサラリとそんなことを言う。アマリネは、怪しい呂律《ろれつ》で、それでもどうにか問いを返した。

「な……な、な、何でそーいう話に」

「嫌いなの？」

「そ……ういう、わけじゃ、ねえけど」

「じゃあ好きなんだ？　僕が他の男にこだわってるのを見てそんなにイラッとするっていうのは、そういうことでしょ」

「だ……だけどあんたのほうは、俺のこと好きでも何でもないだろがッ」

「あんたのほうは、ってことは、やっぱりマリは僕が好きなんだ。ふふ。僕だってマリのこと、嫌いじゃないけどね。……でもまあ、現時点でマリに恋してないことは確かだな」

「だったらッ！　そういうテキトーなことかまして、人の気持ちを弄《もてあそ》ぶようなことすんなよ！」

アマリネは食ってかかったが、シロタエはいかにも心外そうに小首を傾げた。

「マリを弄ぶ趣味はないよ。……だけど、同じだけ好きでなきゃ、つきあっちゃいけないってことでもないだろ？」

「……あ？」

「嫌いじゃないを好きにするために、好きを大好きにするために、一緒にいる時間を長くしたり、たくさん話したり、お互いに触ってみたりする。そういうのも、アリなんじゃないの？」

思いもよらないシロタエからの提案に、根は純情なアマリネはすっかり面食らってしまっている。

「え……っ？　え？　そ、そう、か？　いや、そうか……も？」

「そうだよ。だからこそ、やってみて駄目だったら、気軽にお別れできるんじゃないか。そこが結婚との違いだと思うけど」

「な……るほど……な……？」

立て板に水の滑らかさで説くシロタエに、言葉遊びには無縁のアマリネは、半分以上丸め込まれて首を捻る。

一方のシロタエは、面白い遊びを提案された子供のように、色素の薄い目を光らせた。

「いいじゃない。職場内恋愛は禁止じゃないんだし。上手くいけば楽しくなるし、駄目でも、僕がこじれないうちに終了宣言をしてあげるから大丈夫だよ」

「な……何かあんたがそういう話をすると、どっか本気じゃねえっていうか、やっぱ遊ばれてる気がすんだけど！」

アマリネのせめてもの反撃に、シロタエはやはり妖《あや》しく笑って、唇に人差し指を当てた。

「まさか。僕は『くろねこ屋』が好きなんだよ？　遊びで同僚と付き合って居心地を悪くする気なんてない」

「じゃあ……何で、わざわざ好きでもない俺と付き合おうとすんだよ」

「んー……。そういえば、どうしてだろ」

しばらく考えたシロタエは、にっこり笑ってこう言った。

「そうだね。強いていえば……実験と監視、かな？」

「はあ⁉」

恋愛とは無縁の物騒な単語を二つも並べられ、アマリネは素《す》っ頓狂《とんきょう》な声を出した。頭上で照りつける眩しい太陽など、もはや気にならない様子だ。

一方のシロタエも、三十度など軽く超えているというのに、汗ひとつかかずさらりと言い放った。

「僕は、子供の頃から外面のいい子だったんだ。顔が綺麗だから、ニコニコしていれば大抵の悪さはスルーしてもらえたし、勝手にものわかりのいい、可愛い子だと思ってもらえた」

「……自分で言うか、顔が綺麗とか」

「だって本当のことだもの。世渡りが楽なように、ずっとにこやかで優しい人っていう仮面を被り続けてきたんだよ。欺《あざむ》けない人間なんて、ひとりもいなかった。それなのに、マリ。お前だけは、初対面から気付いてたよね。僕がさほど優しくも温厚でもないってこと」

すうっと低くなったシロタエの声と冷えた視線に小さく身震いしながらも、アマリネは正直に頷く。

「そりゃ……こう、な。どっかドSっぽいもんが透けて見えてたってか……。俺だって、何でわかっちゃったかは謎だけどよ」

「でしょう？　僕としちゃ、ちょっとプライドが傷つくんだよね。高校時代から友達のヒイラギですら、未だに騙されっぱなしだってのに、よりにもよって、何でお前なんかに見抜かれちゃったんだよって」

「傷ついたから、俺にだけ何かこうバイオレントなのかよ、あんた！　八つ当たりじゃねえか。妙にコントロールがいいから、あんたが投げるあれこれ、いつも眉間のここにジャストミートなんだよ！　正直、そろそろ穴が空きそうだっつーの」

「ああ、それはねー。八つ当たりじゃないよ。どうせバレてるんなら、お前にだけは本性をちょっぴり出してみようかなって思ってやってみたら、意外と爽快でさ。やみつきになっちゃった」

「やみつきって、そんな……」

「そうだねえ、そういう意味では、僕にとってもマリはとてつもなく特別な存在、かも」

「その、特別ってのは……マジでもしかしたら、俺んこと、好きになるかもしれねえってことか？」

思い切って咳込《せきこ》むように訊ねたアマリネに、シロタエはあっさり頷く。

「意外とそうかもね」

「もし……。もし、俺んこと本気で好きになったら、あんた、店長のこと、あんな目で見なくなんのか?」

「あんな目?」

また小さく舌打ちして、アマリネはシロタエから目を逸らした。

「気付いてないかもしんねえけど、あんた、たまにすげえ寂しそうな、何とも言えない目つきで店長のこと見てんだよ」

「ありゃ。そんなことまで気付いちゃってるのか。これは、何が何でも付き合わなきゃね」

「……え?」

「言ったろ? 実験と監視って。僕にとって、初めて本性を見抜かれた相手がどういう存在になるのか。がっつり付き合うっていう実験をして、結果を是非とも見たいんだ」

「う……は、はあ」

「それと同時に、僕の本性を誰彼構わずペラペラ喋らないように、近くにいて監視しないとね。……これまで僕が築き上げてきた評判を、当分はキープするつもりだから」

「おい……。マジで、そんな理由で俺と付き合う気かよ?」

「そうだよ。付き合う気、じゃない。付き合うってもう決めた。現時点から僕がもういいって言うまで、マリは僕の彼氏」

爽やかに言い切って、シロタエはポンと手を打った。

「そう決まったら、晴れて駆け出しカップルとして、休日出勤に臨もうよ。あ、でもしばらくは試用期間ってことで、みんなには黙ってたほうがいいかな。序盤でつまずくと格好悪いし、どうせ自然と知れるだろうしね。……さ、行くよ」

「いやあの、マジでそんなことでいいのか？」

「いいのいいの。ほら、食器棚用シート買いに行くよ！　いつまでこんな暑いところで話し込むつもりなのさ」

「いや……あの、え？　いや、だいたいどうしてこんな話になったんだっけか……。おわっ、はわ、あわわわわ……」

焦れたシロタエに何の躊躇いもなく手を引かれたアマリネは、突然の恋人扱いに動転して、ろくなリアクションができない。

「彼氏らしく、荷物はマリが全部持ってよね。さあ、歩いて歩いて」

「はわ……か……か、かれ、し……」

半ばつんのめりながら、まだ頭がグルグル回ったままのアマリネは、シロタエに建物の中へと引きずっていかれる。

この瞬間、出来たてほやほやカップルの、決して逆転することのないパワーバランスが確定したのであった……。

「はー……暑ッ」

フローリングに大の字になっていても、冷たいはずの床はすぐに体温で温まってしまい、まったく涼しくない。

昼食を食べてから、休日なのをいいことに、もう一時間以上もナズナはゴロゴロしていた。

じっとしていても額からたらりと汗が流れ、短い髪を濡らす。窓から差し込む大陽のギラギラした光を遮りたくて、彼は額に片手をかざした。

「あー……。休みだってのに、何もすることがない……っていうか、何もしたくない」

カーテンがそよとも動かないので、外はほぼ無風なのだろう。日差しの強さを思うと、外の暑さは推して知るべしだ。

さっきから近所のコンビニへアイスを買いに行きたいと思いながらも、ずっと踏ん切りがつかずにいる。

（そういえば……休みの日、店のみんなはどうしてるのかな）

天井のシミを見上げながら、ナズナはふと思った。

（店長は、きっとオーナーとデートだよな。せっかくオーナーが帰国中なんだもん。シロタエさんは、よくわかんないけど、凄くお洒落に過ごしてる気がする。休みの日は、お客さんの立場でカフェ巡り……とか。うん、そんな感じ）

目を閉じると、「くろねこ屋」の同僚たちの顔がハッキリと目に浮かぶ。店員としては「末っ子」だし、まだ見習いの身の上ではあるが、彼にとって「くろねこ屋」は、すっかり愛着のある職場となっていた。

（タンジーさんは、やっぱりエイスケ君とデートかな。あと、マリさんは……）

「あ、そういえば」

ナズナは昨日、閉店間際に並んで皿洗いをしながら、アマリネがボソリと言った言葉を思い出した。

『はー、球根植えちまいてえな。明日は休みだから、庭の手入れに来っか』

お世辞にも植物にも優しいとはいえない真夏に植えるべき球根があるなど、ナズナには思いも寄らないことだった。

ナズナがそう言うと、アマリネは常識を語るような顔で「サフランとか、あんだろうがよ」と、素人でもよくわかる品種を教えてくれた。

何でも、夏にサフランの球根を植えると、秋に真っ先に花が咲き、そのおしべを採取すると、パエリアに色を付けるのに使う「サフラン」が採れるのだそうだ。

「買うと高ェからな。どっさり植えて、がっぽり収穫すんのよ」

面倒臭そうな口調で、しかしアマリネはどこか楽しげにそう言っていた。

「マリさん、この暑いのに、休みの日まで庭仕事するんだ……。どうせやることないんだし、手伝いに行こうかな」

園芸初心者の自分に何ができるかはわからないが、少しでも手伝わせてもらえたら、花が咲いたとき、アマリネと喜びを分かち合えるのではないだろうか。そう思ったナズナは、むっくりと起き上がった。

「そうだよね。僕、見習いで何でも係なんだから。庭のことだって、ちょっとくらいは出来るようにならなきゃ」

一度腹を決めると、ナズナの行動は早い。

「えっと、庭仕事をするんなら、帽子、持ってかなきゃな。あと、差入れにアイスとか買おうかな……」

勢いよく立ち上がった彼は、着ていたボロボロのタンクトップを脱ぎ捨て、一応「お出かけ用」と決めているTシャツに袖を通した……。

そんなわけで、ナズナがネコヤナギ邸の門を潜ったのは、それから小一時間後のことだった。

その手には、途中で買ったシューアイスを詰め込んだビニール袋がある。ナズナにとっては、夏の贅沢《ぜいたく》おやつといえばシューアイスという、幼い頃からのこだわりがあるのだ。

(つい張り切って十五個も買っちゃった。余ったら店長にお願いして、店のフリーザーに入れてもらわなきゃ。店長が留守だったら、マリさんと二人でいっぱい食べなきゃだな。お腹壊しそう……)

そんなことを考えながら店に向かおうとしたナズナの耳に、背後から声が聞こえた。

「あー、ナズナさんだ!」

振り返ると、すぐ後ろにタンジーとエイスケがいた。二人ともTシャツにジーンズという軽装である。おまけに、エイスケはタンジーの背中に背負われて……いや、おそらくは無理矢理タンジーに背負わせている。

その仲良しすぎる二人のポジションには敢えて触れず、ナズナは訊ねた。

「あれっ? 二人してどうしてここに?」

「タンジーがさぁ、俺があげたケータイストラップ、落としちゃったんだよ。酷いと思わね? そんで、駅から店まで、ずーっと探して歩いてきたわけ。暑くて力尽きたから、罰ゲームでおんぶしてもらい中」

「おかげで、背中が熱うてかなわんねん」

「俺なんか、胸も腹も手足も熱いよ！」

エイスケは、口を尖らせて不満げに訴えるが、やけに楽しそうだ。むしろ、彼からのプレゼントをなくしたことを気にしているのはタンジーのほうらしく、その目はストラップを求めて、絶えず地面を彷徨《さまよ》っている。

「ナズナさんはどしたの？　今日、店休みでしょ」

エイスケに問われ、ナズナは店のある離れのほうを見た。

「マリさんが、庭仕事するって言ってたから。手伝いがてら、差入れに」

「あー。今日、あっついもんね」

「うん。じゃあ、僕も店までストラップ一緒に探して歩くよ」

「すまんなあ、ナズナ。見つからんかったら、明日、店ん中も探さな……」

やるせなく頭を振りながら、タンジーは大きな背中を若干丸めて、やはり地面を見ながらとぼとぼと歩き出す。

「……けっこうしょげてるっしょ。可愛いとこあるよなー。見つからなくても、新しいの買ってあげよっかな」

そんなタンジーの背中から飛び降りたエイスケは、どこか嬉しそうにナズナに耳打ちする。ナズナも、笑って「そうしてあげてよ」と囁き返した。

ストラップを探しながら、「くろねこ屋」のエントランス前まで来た三人は、同時に「あれ?」と声を上げた。彼らの目の前で、閉ざされているはずの扉が開き、アマリネが姿を見せたからだ。

アマリネのほうも、三人に気付いて口をへの字に曲げた。

「何だ、お前ら。何しに来たんだよ?」

タンジーは、いかつい肩をそびやかした。

「ストラップ、落としてしもて探しとるんや。見いひんかったか? ちゅうか、お前こそ何しとるねん。庭仕事違うんか」

「ストラップは見てねえ。……で、朝から晩まで庭にいたら死ぬだろ、この暑さじゃ。作業中断して中に入ったとこだ」

「それもそうやな。……ちゅうか、ヒイラギに鍵開けさしたんか。お前もわりと無粋なやっちゃな」

呆れ顔のタンジーに、アマリネはただでさえ凶悪な角度の眉をさらに吊り上げた。

「ち、ちげーよ。ここ来る途中でシロタエに会って、そんで一緒に中入ったんだ。今も、食器棚用シートの敷き替え、手伝わされてんだよ」

ナズナは驚いてタンジーと顔を見合わせる。

「えー？　シロタエさんも来てるんですか？」

まだ、他の店員に二人のことを打ち明ける勇気がないのだろう。アマリネは、決まり悪そうに痩せた肩をそびやかした。

「来てる。つか、二階から降りて来た奴らもいるから、休みだってのに、これで全員集合プラスワン……いや、プラス2ニャンだな。店の猫と、タンジーんとこの猫」

後者が自分を指していると気付いて、エイスケは膨れっ面をしてみせる。

アマリネたちの声に気付いたのか、店からシロタエも出て来た。一同を見て、半ば呆れたように、けれどどこか楽しそうに笑う。

「何、ぞろぞろと。みんな、そんなに休日サービス出勤が好きだっけ？　一体全体どうしたの？」

「あー。俺とこいつは、俺の落っことしたストラップ探しとんねん。今日は休みやから、店の前まで探してみよか、っちゅうて」

「僕は、マリさんの庭仕事、手伝わせてもらおうかなーと思って」

タンジーとナズナの説明に、シロタエはクスリと笑った。

「なるほど。今、マリの庭仕事が一段落したし、ヒイラギとオーナーも降りてきたから、みんなでお茶にしようと思ってたところなんだ。ちょうどよかったね」

「わあ、今日はタダでお茶！　あ、でも休みだから、タンジーのスイーツないのか」

ちょっと残念そうなエイスケに、タンジーはボリボリと頭を掻きながら言った。

「生菓子はあれへんけど、焼き菓子が何ぞあるやろ。今日はそれで我慢しとけ。……今度、桃のシャーベット作ったるし」

「マジ？　やったー！」

ぴょんと小亀のように背中に飛びついたエイスケを「よいしょ」と当たり前のように再び背負い、タンジーは店に入っていく。

「わー……。何だかバカップルだ……」

思わず呟いてその背中をぼんやり見ていたナズナの前で、シロタエがアマリネのTシャツの後ろ襟をぐいと掴んだ。

「ほら、いきなりお茶する人数が倍以上に増えたんだから、ぼやっとしてないで手伝ってよ。さっき、庭仕事手伝ってあげたじゃないか」

「手伝ったって、俺がくれって言った割り箸、窓から手を出して渡してくれただけじゃねえかよ！」

「だって、球根の植え付けに必要だったんでしょ？　立派なお手伝いだよ。さ、美味しいアイスティーを淹れるんだから、早くおいでってば」

「おい、引っ張んなって。これ、もう二度と手に入らねえ貴重なシャツなんだぞ。伸びたらどうしてくれんだ。……って聞けよ！」

晴れやかな笑顔のシロタエに、アマリネは悪態をつきながらも猫のように半ばぶら下げられた状態で連れ去られる。

「……あれ？　オーナーが帰ってきて以来、初めてシロタエさんが超ご機嫌かも……。何かいいことあったのかな。っていうか、マリさん、大変そう……」

シロタエの上機嫌ぶりに首を捻りながら、ナズナは最後に店に入った。

クーラーの効いた店内には、なるほど店のスタッフが勢揃いしていた。しかも全員が私服というのは、初めてのことだ。

「やあ、これは皆さんお揃いで。……わたしはいささか、居心地のいい鳥籠を造りすぎたかな。休日だというのに、小鳥たちが集ってきてしまった」

カウンター、入り口側の端っこという指定席に座ったネコヤナギが、ヒイラギにしかわからない比喩を使ってそんなことを言い、楽しげに笑った。

カウンターの中で湯を沸かしているヒイラギは、どう応じたものかわからず、微妙な表情で眼鏡を押し上げる。

おそらく、シロタエとアマリネの来訪に驚いて慌てて着替えたのだろう。ヒイラギの白いシャツの襟元からは真新しいキスマークが覗いているのだが、知らぬは本人ばかりなり、である。

膝の上でゴロゴロ喉を鳴らす黒猫シラーを撫でながら、ネコヤナギは興味深そうにタンジーと、その背中に隠れて人見知りぶりを発揮しているエイスケを見た。

「タンジー、それが君の可愛い雛鳥《ひなどり》かい？」

タンジーは照れながらも、エイスケを背中から自分の前に引っ張り出して、ネコヤナギに紹介した。

「はい。エイスケていいます。……ほれ、この店のオーナーのネコヤナギさんや。挨拶せんかい」

「……じめまして」

タンジーの胴体に背中をベッタリ押しつけたまま、エイスケはボソリと挨拶し、ペコリと小さく頭を下げる。

相変わらず片目を隠すほど長い前髪が、頭の動きに合わせてふわりと動き、まるで本当に雛鳥の羽毛のようだ。

「はじめまして。……可愛いね。なるほど、タンジーが可愛がるはずだ」

鼻歌でも歌いそうな笑顔で、ネコヤナギは重厚なカウンターに片肘を突き、一同を見回した。

「でも、全員でお茶会というのは初めてだね。なかなか楽しいイベントになりそうだ」

お茶会という言葉に、ナズナはハッとして、提げていたビニール袋を持ち上げた。

「あ、僕、シュークリームたくさん買ってきました！　お茶請けに、皆さんでどうぞ」

「あっ、俺、シュークリーム大好きっ」

「こら。シュークリームの前に、焼き菓子見繕うから、手伝え。賞味期限が近いやつ、下ろして今日食うてまうし」

「……しょうがねえなあ。あ、俺、フィナンシェ好き！」

「知っとるわ」

弾んだ声を上げるエイスケの頭を大きな手で軽く小突き、タンジーはレジ脇の焼き菓子を置いてあるコーナーへと向かう。

「ネコヤナギさん。せっかくですから、母屋の留学生君と、庭師さんたちをお招きしては？」

ヒイラギはネコヤナギのためのアイスコーヒーを作りながら、いかにも店長らしい提案をする。ネコヤナギは、目を細めて頷いた。

「ああ、そうだね。いい考えだ。……ナズナ、彼らを呼んできてくれるかい？」

「あ、はい！　じゃあ、シューアイス……」

「ドライアイスが入っているんだろう？　置いていけばいい。預かるよ」

「ありがとうございます。お願いします」

カウンターの上にシューアイスの入ったビニール袋を置きながら、ナズナはふと周囲を見回し、呆然とした。

「アイスコーヒーはストレートでよろしいんですか？　それとも、胃に優しいようにアイスオーレにしますか？　昨夜はパーティだったのなら、あまり召し上がってらっしゃらないんでしょう？」

「いや、眠気覚ましに濃い目のストレートがいいな。お前の愛がたっぷり入っていれば、胃は痛まないさ」

「………っ」

そんな臆面もなくラブラブな会話をカウンター越しにしているネコヤナギとヒイラギはともかくとして……。

（あっちの二人も仲良し……）

入り口近くへ目をやれば、お気に入りの焼き菓子を見つけ、これが食べたいと訴えるエイスケの手から、それは駄目だとタンジーが菓子の袋を取り上げようとして、二人がじゃれているのが見える。

そして、カウンターの奥に視線を戻せば、テキパキとアイスティーを作るシロタエに顎で使われながら、アマリネがせっせとグラスを並べ、氷を砕いているのだが、そのさまが妙に息ぴったりなのが気になる。

（あれ……？　やっぱ今日、この二人もいつになく仲良し……？　何だかこっちもカップルみたい）

純朴なわりに、妙なところで鋭いナズナである。シロタエとアマリネの雰囲気が微妙に変わったことに気付いたまではよかったが、彼がショックを受けたのは、そのことではなかった。

はたと我に返ると、三組の「仲良し」に囲まれ、自分だけがひとりぼっちなのである。

（がーん……。僕だけ、何だか仲間はずれな感じ……？）

そこはかとないアウェー感を味わいつつも、こればかりはどうしようもない。

「……行ってきます」

そう言い置いて、ナズナはしょんぼりと、踵を返した。

すると……。

にゃーう。

一声低く鳴いて、黒猫のシラーがネコヤナギの膝から飛び降りた。そして、ナズナの顔を見ながら、前足を揃えて大きな伸びをする。

「何、一緒に来てくれるの、シラー。外は暑いよ？　毛皮が黒いから、大変じゃない？」

……なー。

仕方ないだろうと言うように、やけに人間臭い口の開け方でシラーは答える。

（ありゃ……。猫に気を遣われちゃったよ）

若干情けないものの、ナズナは庭師たちとも、母屋に下宿しているという留学生とも、まだ親しくなれていない。「先輩スタッフ」であるシラーが同行してくれるのが、何とも言えず心強かった。

わかっている、ついてこい……そう言いたげに、シラーは長い尻尾をピンと立て、優雅な足取りで店を出て行く。

「待って、シラー！　置いてかないでよ」

寂しさ半分、仲良し空間から離脱できる安心感半分で、ナズナはシラーの小さな後ろ姿を追いかけたのだった……。

願わくば

ひざに集合

へ〜 洗濯物たたむの うまいんだ
そうですか?
あの… じゃまなん ですが…
ちょうど いい まくら
シラーまで!
そんなに 嫌でもない のが
悔しい…
ゴロ ゴロ ゴロ

その5

夏祭りの夜

「や、お暑うございます」

　そんないささか気取った挨拶と共に「くろねこ屋」に現れたのは、町内唯一の神社、「日々暦神社《ひびれき》」の宮司、宮島鹿郎《みやじまろくろう》だった。

　白衣と紫色の地に丸い模様の入った差袴《さしこ》を身につけた鹿郎は、いつも飄々としている彼にしてはめずらしくあからさまに疲れた顔をしている。

「いらっしゃいませ。こちらへどうぞ」

　ちょうどテーブル席がいっぱいだったので、ナズナは鹿郎をカウンター席に案内した。

　無論そこには、彼の長年の友人であり、この店のオーナーであるネコヤナギが、黒猫のシラーを膝に抱いて座っている。

「超多忙なへべれけ神社の宮司さんが、うちの店にわざわざお越しとは」

　そんな、親友ならではの皮肉っぽい挨拶をして、ネコヤナギはニヤリと笑って軽く片手を上げる。そんなネコヤナギから一席空けてハイスツールに腰を下ろした鹿郎は、手拭いで額の汗を拭きつつ、こちらも独特の、狐を思わせる怪しい笑顔で挨拶を返した。

「やあネコヤナギ、しばらく。あちこち回って、もう暑くてさあ。神社に戻る前に一休みして、何か美味しいものを飲み食いしたくなったってわけ。はあ、店の中は涼しいなあ。極楽極楽……あ、いや、宮司がそれを言っちゃいけないか」

「いらっしゃいませ。今日は何を差し上げましょうか」

カウンター越しに、水代わりに出している冷たい水出し紅茶のグラスを鹿郎の前に置いたのは、副店長のシロタエだった。鹿郎は、うーんと細い顎を撫でながら答える。

「そうだねえ。じゃあ、アールグレイをアイスで。あと、氷菓子は何かある？」

「はい、ジェラートでしたらミルクと抹茶、ソルベでしたら西瓜とパイナップルがございます。西瓜は地元産、パイナップルは沖縄《おきなわ》の完熟パインを使っています。今日はソルベのほうが特にお勧めですね」

シロタエの答えには微塵《みじん》も澱《よど》みがない。毎朝のミーティングで、その日に出すフードとスイーツについて、アマリネとタンジーからナズナと共にレクチャーを受け、客の質問にはひととおり答えられるようにしているからだ。

「じゃあ、ソルベを……両方食べると西瓜がぼやけそうだから、パイナップルをお願いしようかな。盛りは気前よく頼むね」

「かしこまりました」

シロタエが優雅に一礼して厨房にオーダーを伝えにいくのを見送り、鹿郎は感心したようにホールを見渡した。

「今日は繁盛してるね。さすがにみんな、この午後の日差しには耐えかねて、涼しい店に

「逃げ込みたくなるんだろう」

　ネコヤナギは、いささか不満げに着流しの肩をそびやかす。

「普通の店なら喜ぶところなんだろうけど……わたしはつまらないな。ヒイラギが忙しすぎて、わたしをこれっぽっちも構ってくれないんだ」

そんなネコヤナギの視線の先には、恋人であり、店長でもあるヒイラギの姿がある。いつもはコーヒーとレジを主に担当している彼だが、今日は満席ということもあり、ホールの仕事も兼ねている。冷静沈着な性格だけに、決して忙しそうな素振りは見せないが、ネコヤナギの湯飲みが空になっているのに気付かない程度には取り込んでいる。

ふて腐れた顔で頬杖を突き、キビキビと働く恋人の姿をやや面白くなさそうに見ているネコヤナギの姿に、鹿郎は嫌な含み笑いをした。

「ネコヤナギともあろうものが、大人げない。あの可愛いカナリア君に、そこまで本気とはね。未成年の頃から年上の女性相手に数々の浮き名を流した色男も、とうとう年貢の納め時かな」

するとネコヤナギは、幼なじみを軽く睨み、やけに真面目な口調でこう切り返した。

「それを言うなら、ヒイラギを懐に入れたときに、年貢を納める覚悟はしたさ」

「……へえ?」

「こう見えて、わたしは人の本質を見抜くのが下手じゃないつもりだよ。あの子を一目見たときから、危ういほど脆《もろ》い子だと思っていたからね。中途半端な覚悟では、手を出せなかった」

「おや、ってことは一目惚れ？　彼、前の仕事は銀行員だっけ？」

　飄々とした口調で問いを重ねる鹿郎に、ネコヤナギは着流しの肩を竦めた。

「そうだよ。初めてうちに来たときは、先輩に連れられたピカピカの新人でね。可愛かったなあ、まだ似合わないスーツを着込んで、髪を七三に分けて」

「七三！」

「右手と右足が同時に出ているのにも気付かないほど緊張していて、わたしはおかしくて仕方がなかった。おかげでその日、彼の先輩である担当者がどんな話をしていたのか、欠片も覚えていないよ」

「それほど、ヒイラギ君を凝視していたと」

「うん。だって目の前に可愛い生き物がいれば、見つめてしまうのは当然だろう？」

「まあね」

「それが今日まで続いているというだけのことさ」

　涼しい顔でサラリと言い放つネコヤナギに、鹿郎はますます面白そうな顔つきになった。

「どうして、そんなに飽きないんだろうな。確かにヒイラギ君はスッキリして綺麗な顔立ちだけど、こう、冷静沈着で礼儀正しくて生真面目過ぎて、表情に乏しいっていうか、面白みがないっていうか、そんな印象だけどなあ」

するとネコヤナギは、奇妙に得意げな顔で無精髭の浮いた顎を撫でた。

「まだまだだねえ、お前は。それがいいんじゃないか。他の人間が見落とすような、わずかな表情や声の変化を感じとれるってのは、まさに心身共に結びついた恋人ならではだろう？　その醍醐味《だいごみ》が理解できないとは」

「醍醐味とまで言うのかい。生憎僕は、そこまで老成してないんでね。枯れてないとか言っちゃったほうがいいのかな」

意地の悪い笑顔でそんなことを言う鹿郎の前にカウンター越しにスッと置かれたのは、リクエストどおり、古い氷コップにたっぷりと盛りつけられたソルベだった。引き続いてアイスティーのグラスも置きながら、シロタエは綺麗な笑みを浮かべて口を挟む。

「僕に言わせれば、お二方とも、負けず劣らずの古だぬ……いえ、経験豊かでいらっしゃると思いますけど。それにヒイラギの表情を読むくらい、恋人でなくてもできますよ。普通の観察眼があれば」

どうやら、アイスティーを作りながら、悪友二人の会話をしっかり聞いていたらしい。

高校時代からヒイラギの友人であり、当時からずっと片想いを続けているシロタエだけに、ネコヤナギの惚気《のろけ》にカチンときたのだろう。笑顔のまま、実に棘のある台詞をサラリと投げかける。

「……あいた」

ネコヤナギは軽い顰めっ面でみぞおちを押さえてみせ、鹿郎はそんな二人の様子にクスクス笑った。

「ははは、一本取られたね、ネコヤナギ。……ああ、いつもながら君が淹れてくれるアイスティーは、濃さといい色味といい最高だな。ソルベとの相性もいい。今日はストレートでさっぱりといただこう」

「ありがとうございます」

長いストローで美味しそうにアイスティーを吸い上げる鹿郎に、今度は心からの笑みを浮かべ、シロタエは軽く一礼する。

そんなそつのない副店長の振る舞いをちらと見やり、ネコヤナギは鹿郎に視線を戻した。

「ところで鹿郎。今日は珍しく、地鎮祭でも立て込んでいたのかい？　お前が疲労困憊《こんぱい》するほど働いたところなど、わたしはこれまで一度も見たことはないが」

そんな仕返しのようなネコヤナギの台詞に、鹿郎は「何を言ってるんだい」といささか心外そうに顔をしかめた。

「とぼけちゃって。この町で生まれ育っておきながら、五日後にうちで氷室祭をやるのを知らないとは言わせないよ。その打ち合わせで、てんてこ舞いなんだ」

それを聞いて、ネコヤナギは男っぽい眉を軽く上げた。

「ああ、そういえば。もう、そんな時期か。子供の頃に行ったきりだから、あまり覚えていないな。氷室祭なんて気取った名前を付けちゃいるが、早い話がタダ酒を気前よく振舞う夏祭りだろう?」

そんな幼なじみならではの暴言に、鹿郎も気を悪くするでもなく同意する。

「まあね。代々そういう祭りなんだから、仕方がない。うちの御祭神は少彦名《すくなびこな》様だから、つらい夏を乗り切るための氷とお酒をたっぷり差し上げるのは、宮司として当然の勤めだよ。ついでに年に一度くらい、暑い中をお参りしてくださった方々にも振る舞い酒をするのは、うちの社のありようにかなっているだろう? 皆さん、それを楽しみに毎年来てくださるんだしね」

「それもそうか。ふーむ。せっかく鹿郎が顔を見せてくれたことだし、今年はわたしも日本《に ほん》にいるし、せっかくだから、仕事が終わってから店のみんなで夏祭りに行くというのも悪くないね。……どう思う?」

最後の一言は、偶然、客席からトレイに山盛りの食器を下げてきたヒイラギに向けられている。シロタエと違って二人の話をまったく聞いていなかったヒイラギは、眼鏡の奥の目をほんの少し見開き、「何がでしょうか」と平板に応じた。

「五日後の水曜日、日々暦神社の夏祭りに、店を閉めてからみんなで行こうって、オーナーが仰せなんだよ」

カウンターの中から、シロタエが客席に聞こえない程度の小さな声で説明する。ヒイラギはごく僅かに首を傾げてほんの数秒考えてから、慇懃に答えた。

「就業時間外の集団行動を強制するわけにはいきませんが、皆が賛成するならいいと思います」

店長のお手本のような返答に、ネコヤナギは愛おしげな笑みを浮かべて頷いた。

「そうだね。だったらあとで……」

「お祭り！　みんなでお祭りですかっ？」

カウンターの中、ヒイラギの隣で弾んだ声を上げたのは、見習い店員のナズナである。ようやく店の雰囲気にも業務内容にも慣れ、なかなかの働きを見せている。年齢は十九歳、あと一歩で成人なのだが、童顔と短く整えた髪型が相まって、まだ高校生くらいに見える。

「こら、立ち聞きは行儀が悪いよ、ナズナ」

自分のことは華麗に棚に上げ、シロタエはナズナの腕を肘でちょいとつつく。ナズナは照れ笑いしながらも、期待に目をキラキラさせてネコヤナギと鹿郎を見た。

「違いますよ、パイナップルのソルベ、残り三人分って伝えにきたら、そんな話が耳に入ってきちゃって。僕、お祭り行きたいです！　お酒はまだ駄目ですけど、神社のお祭りなんて長らく行ってないから」

鹿郎は、いかにも宮司らしく鷹揚に頷く。

「うむ、感心感心。どんな機会でもいいから、足を運んでくれることに意義があるんだよ、ナズナ君。ちなみに、ふるまい酒だけじゃなく、色んな露店が出るからね。きっと楽しいと思うよ」

「わあ、なおさら行きたいです、店長！」

ますます顔を輝かせるナズナの背後で、パティシエのタンジーとコックのアマリネまで、開けっ放しの厨房の扉から顔を出す。

「おい、伝言持って行くだけで何分掛かってんだ、この馬鹿……って言おうと思ったら、祭り？　何か聞き捨てならねえ単語が聞こえたたな」

そう言って三白眼をキラリと光らせたのはアマリネで、

「祭りって、氷室祭りか？　あっちこっちにポスターが張ってあんの、毎年見るだけで行ったことあれへんな……って、あ、宮司さん、どうも」

と、鹿郎に気付いてうっそり頭を下げたのはタンジーである。

「もう、そういうことだけは耳敏《みみざと》いねえ、みんな。……まあ、なかなか一人じゃ足が向かないから、みんなで行くのはいいアイデアかもしれないけど」

シロタエは呆れ顔で腰に手を当て、ヒイラギは眉間に浅い縦皺を刻んだ。しかし、ネコヤナギにご機嫌な顔で見上げられ、出かかった小言をグッと引っ込める。

「ほら、みんな乗り気じゃないか。これで異存はないかい、店長さん？」

「……はあ。そういうことでしたら」

少し戸惑った様子で頷くヒイラギに、鹿郎も、冷たい飲み物とソルベで少し元気を取り戻したらしく、明るい声で言った。

「うん、くろねこ屋の人たちが勢揃いで来てくれたら、地味なうちのお社も、パッと華やぐねえ。あっ、そうだ。それならみんな、浴衣で来てよ」

「浴衣……ですか？」

ヒイラギはますます面食らった様子で鹿郎とネコヤナギを見比べる。鹿郎は、ソルベをたっぷりスプーンに掬《すく》って口に運びながら、いい考えだと言わんばかりの得意顔で頷いた。

「うん。夏祭りだもの。雰囲気出るじゃない。浴衣くらい、普段、君たちに大いにお世話になってるオーナー様が支給してくれるんじゃない？　ねえ」

するとネコヤナギは、勢揃いしている店のスタッフをぐるりと見回し、懐手をして楽しげに頷いた。

「いいね。わたしが支給するというのも味気ないから、それぞれに買ってきてもらって、その代金を特別ボーナスとして支給することにしよう。皆、着る物には趣味もあるだろうからね。うん、楽しくなってきたな。どうだい、ヒイラギ」

「はあ……まあ、とにかく。ゴホン！」

突然の話に困惑しきりだったヒイラギは、ようやく我に返ったらしく、小さな咳払いをして一同をジロリと見た。

「夏祭りへ皆で行くことは構いませんが、そういうお話は、休憩中か閉店後にすべきです。ナズナは空いた食器を引いてくるように。シロタエは、お客様に飲み物のお代わりをお伺いしてくれ。……タンジー、君は暇じゃない時間帯だし、マリも明日の下ごしらえなり、まかないの準備なり、することはあるだろう？　さあ、全員、仕事を再開する！」

小声ながら厳しい店長の声に、四人は蜘蛛《くも》の子を散らすように持ち場へ戻る。

しかし、年上組二人は、そんなヒイラギの威厳ある店長としての姿をむしろ面白がっているようだった。

「おお、怖い店長さんだ」

鹿郎はちっとも怖がっていないニヤニヤ顔で肩を竦め、ネコヤナギは小動物でも見ているような眼差しをヒイラギに向けた。

「では、ヒイラギ。お前も持ち場に戻ったらどうかな」

「勿論です。失礼し……」

「違うよ、お前の持ち場は、わたしの前だろう?」

「！」

「随分前から、わたしの湯飲みは空っぽだし、話し相手も鹿郎じゃ面白くないし。オーナーの世話は、店長の重要な仕事じゃないのかな、ヒイラギ?」

意味ありげな恋人の流し目に、ヒイラギの色白の頬がうっすら赤らむ。ネコヤナギの芝居がかった睦言《むつごと》にはさすがにもう慣れっこになったものの、こうして仕事中に店の中、しかも鹿郎の前で堂々と言われては、羞恥で身の置き所がなくなってしまう。

「も……申し訳、ありません。すぐに、お茶のお代わりをご用意します」

話し相手はともかく、ネコヤナギの湯飲みを空っぽのままにしておくわけにはいかない。ヒイラギは何ともギクシャクした口調で慇懃に詫びると、赤らんだ顔を隠すように、俯いてカウンターの中に戻ったのだった。

＊　　＊

それから五日後、夏祭り……もとい、氷室祭当日の午後六時過ぎ。

いつもなら閉店し、掃除とまかないの支度を同時進行しているはずの店内では、スタッフたちが祭りへ行く支度をしていた。

具体的には、超特急で店内の清掃を済ませ、それから持参の浴衣に着替えるのだが、そこは自分で着られる者と、そうでない者がいる。幼い頃に日本舞踊を習っていたというシロタエが、ホールで即席の着付け教室を開くこととなった。

シロタエ自身が浴衣を着ながらの説明の後、それぞれ浴衣を広げたものの、大人のタンジーとアマリネはともかく、ナズナと、ちゃっかり参加しているエイスケには、浴衣など初体験の代物だ。

仕方なく、エイスケの着付けはタンジーが、ナズナの着付けはシロタエが引き受けることになった。

ナズナの腰に紐を回し掛けてギュッと交叉《こうさ》させながら、シロタエは少し呆れた様子で声を上げた。

「ほら、ナズナ！　いちいちグラグラしないで、しっかり立っててよ」

「うう、すいません。僕、こういうの慣れてなくて、どうしてていいかわかんないです」

シロタエの叱責に、ナズナは情けない顔と声で謝った。

「軽く足を開いて、ちゃんと踏ん張っていてくれればいいから。ナズナは細いから、少しだけ補正したほうがかっこいいかもね」

そう言いながら、シロタエはテキパキと紐を結び、その上から晒しを巻き付けて、体型を整えていく。さすが自分が着慣れているだけあって、他人に着せ付けるのも上手である。

「へへ、ナズナ、お前、浴衣着ると時代劇に出てくる丁稚《でっち》奉公中の小僧みてえだな。これからお使いいかよ」

こちらは自分で帯を結びながら、アマリネがへっへっと小馬鹿にする。

どうやら、付き合い初めて日の浅い、しかも基本的につれない恋人であるシロタエが、ナズナにほぼ密着して着付けをしているのが気に入らないのだろう。無論、そこに恋愛感情がないことなど百も承知なのだが、わかっていても面白くないものは面白くないのだ。

そんなアマリネの複雑な男心など知る由もないナズナは、ちょっとムッとした顔つきで言い返した。

「どうせ僕は、童顔のデコッパチですよーだ。でもマリさんだって、そんなだらしない着方をしてたら、時代劇に出てくる遊び人みたいですよ。胸どころか、危うくお腹まで見えるんじゃないですか、それ」

　思わぬ反撃に、アマリネは元から機嫌の悪そうな顔を、いっそう険しくする。

「何だと、コラ。どこが遊び人だよ。だいたい、帯締めてんだから、腹が出るわけねえだろうが。つか、これはだらしない着方じゃねえ、単に楽そうな……あだッ」

　けんか腰に言い返すアマリネの頭を目にも留まらぬスピードで小突き、シロタエは買ったばかりでまだ一度も使っていないナズナの角帯を使いやすくなるように扱《しご》きながら、ツケツケと言った。

「ナズナの言うとおりだよ。賭場に集まる渡世人みたいな格好して、まったく。そんな服装で出掛けられちゃ、店の品格が疑われる。ナズナの後で着付け直してあげるから、大人しくしてなって」

「ちっ。仕方ねえな。おい、ナズナ。しっかり立って、シロタエに手間かけさせせんじゃねえぞ」

　舌打ちしながらも、アマリネはそんなことを言い、客用の椅子を引き寄せてどっかと腰を下ろす。

　そんな三人を少し離れたところで見ながら、まだ制服姿のエイスケはニヤニヤして軽く伸び上がり、タンジーに耳打ちした。

「見た、あれ？　マリさん、超ヤキモチ」

そんな言葉に、先に自分が浴衣を着て帯を結びながら、タンジーは大きな口をへの字に曲げた。

「言うたんなや。マリはあれで大変なんやから」

「大変？」

「お前にはまだわからんやろけどな」

キュッと腹の低いところで角帯を綺麗に結び、それを後ろに回してから、タンジーは低い声で付け加える。

「長年好いとる他の男に想いを残したまんまの奴と付き合うんは、並大抵のことやあれへんのやで。マリは大した男や。からかうもんやない。……よっしゃ、俺は出来た。ほな、お前に着せたろか。浴衣貸せ」

そう言って手を出すタンジーを、エイスケはやけに眩しそうにまじまじと見ている。

「何や？」

「……悔しいなあ、なんか！」

「あ？」

長い前髪に半分近く隠れた顔をうっすら赤くして、エイスケは謎の膨れっ面をした。

「タンジー、ずるい！　ってか、大人、ずるい！」

唐突な非難の言葉に、タンジーは頭のターバンを外して太い眉根を寄せる。

「何やねん、いきなり」

するとエイスケは、タンジーの頭からつま先までジロジロと何度も見ながら、本気で悔しそうに口を尖らせた。

「だって、かっこいい！　いつもそこそこいけてるけど、浴衣姿、何だよそれ。反則だよ！」

「……はあ？」

「ガタイがいいから、すっげー似合う。マリさんと二人で、ヤクザ映画に出れそう」

「それは……褒めとるんか？」

「超褒めてる！　あー、何か嫌んなってきた。俺、絶対そんな風には似合わないもん。もう、浴衣着んのやめよかな」

一人で勝手にふて腐れるエイスケに、タンジーは呆れ顔で首を振った。

「しょーもないこと言うとらんと、とっとと脱げや。お前のために、他の連中を待たすわけにいかんやろ」

「脱げだって。やーらしいな、タンジー」

「アホか。早よせえて」

促されて渋々ブレザーを脱ぎ、ネクタイと白シャツのボタンを外しながら、エイスケはまだ半ば拗《す》ねた顔で、「大人の恋人」のいかつい顔を見上げた。

「なーなー、みんなを待たせたくないから、俺に浴衣着せんの？」

「……今度は何やねん」

受け取ったエイスケの浴衣を広げ、タンジーは顰めっ面になる。

カーキに近い深い緑色に菊だかダリアだか、とにかく大輪の花が白抜きでデザインされた、男性用にしてはやや派手な浴衣だ。エイスケが祭りをどれだけ楽しみにしているかが透けて見えて、やけに微笑ましい。若いので、派手な浴衣も似合うだろう。

そんな風に思いを巡らせるタンジーに、エイスケは絶妙のバランス感覚で、立ったままバスケットシューズと靴下を脱ぎながら恨めしげに突っかかる。

「だからー、そこはこう、恋人らしく、俺の浴衣姿が見たい、とか言ってくれるべきじゃないのかよー。それか、俺のハダカが見たいとか」

ちら、と意味ありげな視線を喰らって、タンジーはグッと言葉に詰まる。

これまで意識していなかったが、言われてみれば、ひたすら「清いおつきあい」をしているだけに、エイスケの半裸を見るのは初めてのことだ。

男の裸など、温泉や銭湯でいくらでも見る。珍しくもない……と言い放ってやりたいのだが、いったん意識してしまうと、意外と正直な心臓が勝手に鼓動を速めてしまう。

無駄な肉など一欠片もついていないが、必要な筋肉もやや不足気味のエイスケの身体は、初夏にぐんと伸びたせいでやや頼りない植物のようで、うんと年上の恋人としては、守ってやりたいという気持ちを掻き立てられる。

「なああ、ムラッと来たりしない？　あと、マジで俺の浴衣姿、別に見たくないわけ？　タンジー喜んでくれるかなと思って、すっげー時間かけて選んだのに」

急に動きを止めたタンジーの浴衣の袖をクイクイと引いて、エイスケはいたずらっ子の悪い笑顔になる。どうやら、多少はタンジーを動揺させるのに成功したと気付いたらしい。

低く唸《うな》ってそんなエイスケにバサリと浴衣を着せかけ、タンジーは渋い顔のままで言い放った。

「三十路過ぎたオッサンが、ガキの裸くらいでムラムラしてどないすんねん。あと……まあ、お前は浴衣が似合いそうやから、見たくないこともあれへん」

「おっ。半分ヒット！　じゃあ早く着せてよ。浴衣姿の俺の魅力で、タンジーをさらにメロメロにさせる作戦決行だー！」

途端に嬉しそうにぴょこんと跳ねる年下の恋人の額を指で突き、タンジーは自分の顔が赤らんでいないよう祈りつつ、わざとぶっきらぼうに言い返した。

「何で俺が、自分で自分をドツボに嵌める作戦を決行せなアカンねん。ええからジッとしとれ。俺は、人に着せるんは慣れてへんのや」

「へへー。かっこよく着せてくれよな！」

　無骨な手つきで、それでもやけに丁寧に浴衣の前合わせを整えるタンジーに、エイスケは偉そうに注文をつける。

「まあ、かっこようなるかどうかは素材次第やな」

　怖い顔を崩すまいと思っているのに、エイスケの生意気な甘え方がいじらしくて、つい頰が緩む。それを隠すために、タンジーは必要もないのに、手近にあった腰紐を妙にしっかりと咥《くわ》えた。


「わあ、浴衣って意外と涼しいんですねえ。ありがとうございます、シロタエさん」

　紺地にトンボ柄の、まるで子供のような柄の浴衣を着込み、嬉しそうに袖をバタバタさせながら、ナズナはふと不思議そうに広いホールを見回した。

「あれ？　そういえば店長がいませんね。どこ行ったんだろ」

　不思議そうにキョロキョロするナズナに、タンジーが答える。

「ああ、店長やったら、さっきオーナーに呼ばれて、母屋に行ったで」

「へえ？　店長は、浴衣、ひとりで着られるんですかね。支度、大丈夫なのかな」

「何言ってるの。無駄にいつも着物ばっかり着てる人に呼びつけられたんだから、万が一、自分で着られなくても問題ないでしょ」

アマリネの、これまた雑に結んだ角帯をいささか乱暴に解きながら、シロタエが険のある口調で口を挟む。さすがのナズナも、これには何かピンときたらしく、慌てて両手を振った。

「そ、そうですよね！　いえ、みんなで出掛けるのに、準備が遅くなったら大変って思ったんですけど、だ、大丈夫ですよね！　ええと僕、厨房の火の元、確認してきますっ」

バタバタと厨房へ逃げ込むナズナを見送り、アマリネは眉をハの字にする。

「おい。見せつけられて面白くねえのはわかるけど、あんまナズナに八つ当たりしてやるなよ。可哀想だろうが」

アマリネにしては実に控えめな言い方ではあったのだが、十分にプライドを傷つけられたらしきシロタエは、アマリネにしか見せない凶悪な顔で、キリリと眉を吊り上げた。

「八つ当たりなんか、してません！　何だよ、マリのくせに」

キュッ！

「ぐはあッ」

こちらはあからさまに八つ当たりで、解きかけた角帯をウエストがちぎれるほど締め付けられ、哀れなアマリネは、蛙《かえる》が潰れたような苦悶の声を上げた……。


一方、その頃。

母屋のネコヤナギの寝室に呼ばれたヒイラギは、ネコヤナギが自室で座布団の上に座し、呑気に湯飲みで熱い茶を啜《すす》っているのを見て、不思議そうな顔をしながらも、その近くに正座した。

「お呼びですか？　何か、お手伝いすることが？」

子供の頃から和室のない家で育った彼だが、銀行員時代にネコヤナギの経理を担当するようになり、この和室しかない母屋に足繁《あししげ》く通ううち、すっかり畳にも正座にも慣れてしまった。

「いや、手伝いはないけれど……お前、浴衣は？」

そう問われ、ヒイラギはますます訝しげに答える。

「ええ、デパートで手頃なものを見繕ってきました。今から着替えようと思っていたんですが」

「そう。まあ、お前が自分で選んだものもきっと似合うんだろうけど」

そう言いながら、ネコヤナギは湯飲みを置いて立ち上がった。

「せっかくのお祭りだからね。ちょっとした気まぐれを起こして、わたしの浴衣を仕立てさせるついでに、お前のも見繕っておいたんだ」

「えっ？」

ネコヤナギの意外な言葉に、ヒイラギは驚いて目を見張る。

「だからそれを着てほしいと思ってね。浴衣にあんまり張り込むのも野暮だろう。たまたま蔵に夏大島《なつおおしま》のそこそこいいのがあったから、それを使ったよ。お前に似合うはずだ。わたしが着付けてあげよう」

そう言いながら、自分はもう浴衣を楽そうに着こなしたネコヤナギは、衣桁《いこう》に掛けてあった真新しい浴衣を取り、シャツの上からヒイラギに着せかけた。

藍染めの地に、細かい織絣《おりがすり》がさりげなく美しい。決して「そこそこいい」どころの生地でないことは、着物に関しては門外漢のヒイラギにも、肌触りや風合いから十分に感じられたらしい。

「ネコヤナギさん。これは、俺には過ぎたものなんじゃないかと」

遠慮がちに浴衣を脱ごうとしたヒイラギの手を摑んで制止し、ネコヤナギはそんなヒイラギを背後から優しく抱いた。

「可愛い恋人に着せるのに、過ぎた生地なんてものは存在しないよ」

「ですが……」

「思ったとおり、よく似合う。見てごらん」

促されて視線を向けた目の前の鏡台の大きな鏡には、恋人に抱き締められている自分の姿が映っている。ヒイラギは、薄く目元を染めて、居心地悪そうに身じろぎした。

「そんなに覆い被さられては、浴衣の生地がちゃんと見えません」

「そうかい？　わたしにはよく見えるけど。お前も浴衣も。うん、わたしの見立てに間違いはなかったな。よく似合っている。……でも」

「でも？」

ネコヤナギがふふっと笑うと、吐息が温かくヒイラギの首筋をくすぐる。その悪戯っぽい声に嫌な予感を覚え、ヒイラギは恋人の腕から抜け出そうとした。

しかし、そのアクションはほんの一瞬遅く……気付けば彼は、ネコヤナギに畳の上に押し倒されていた。

「ちょ……ま、待ってください！　皆、ほどなく支度ができるはずですし、こんなことをしている場合では！」

普段はネコヤナギに従順なヒイラギだが、さすがに今はまずいと思ったのか、必死で長い手足をばたつかせ、ネコヤナギを窘めようとする。

だが、そんなに鍛《きた》えているように見えないネコヤナギなのに、その手は楽々と、しかもあくまで優しく、ヒイラギの抵抗を封じてしまった。

「少し遅れると、言っておけばいい」

ヒイラギを組み敷いたネコヤナギは、いつものチェシャ猫のような笑みを浮かべ、顔を真っ赤にしたヒイラギに軽く口づけた。ついでに、もう中断する気はないと宣言する代わりに、ヒイラギの顔から武装のための眼鏡を奪い去ってしまう。

「ですが！」

「お前の浴衣姿に、迂闊なくらいときめいた。こういうとき、我慢はしない主義なんだ。……さあ、一分待ってあげるから、電話をかけるといい」

「…………ッ」

恋人としての恥じらいと、店長としての責任感がせめぎ合っているのだろう。沸騰《ふっとう》しそうな真っ赤な顔でアワアワと口を動かしていたヒイラギは、やがてすべてを諦めた殉教者のような面持ちで、畳に横たわったまま、ゴソゴソと携帯電話を引っ張り出した。

「……はい、ああはい、わかりました。じゃあ、みんなに伝えますね。はい、じゃあ、気をつけて。お手伝いしなくて、大丈夫ですか？　わかりました。はい」

　通話を終え、携帯電話を耳から離したナズナに、アマリネにせっせと浴衣を着せ直しながら、シロタエが声を掛けた。

「誰から？」

　ナズナは、小首を傾げながら答える。

「店長からです。何だか用事ができたから、先に行ってくれって」

「ふうん」

　シロタエは醒《さ》めた表情で鼻を鳴らし、テキパキと……さっきとは見違えるようにきっちりと、アマリネに浴衣を着せていく。こちらはすっかり支度の出来たナズナは、シロタエの手際に感心した様子で携帯電話を袂《たもと》に突っ込んだ。

「何だか物凄くテンパった声だったから、お手伝いしましょうかって言ったんですけど、すぐに要らないって却下されちゃいました。ホントに大丈夫かなあ」

「そりゃお前、手伝われちゃ店長も困るだろうよ。オーナーは面白がるかもしれねえけど、それこそ三ぴ……ぐはッ」

　そういうとき、シロタエを気遣って、つい茶化さずにはいられないアマリネなのだが、その思いやりは肝心のシロタエには迷惑極まりないらしい。みぞおちにマッハの勢いで叩き込まれた肘鉄に、身体を二つに折って呻く羽目になった。

「……ナズナさん、鈍いね」

「お前に言われたら終わりやな。ナズナも可哀想に」

呻くアマリネ、ツンとそっぽを向くシロタエ、狼狽えるナズナ……そんな三人の姿に、エイスケとタンジーは顔を見合わせ、深い溜め息をついたのだった。

＊　　＊

そんな一件はあれど、ネコヤナギとヒイラギ以外のスタッフとエイスケは、揃って日々暦神社に向かった。

ようやく日も落ち、まだ蒸し暑さは残るものの、夜風が頬に心地よい時間帯である。一同は、ブラブラと散歩のペースで、賑やかに喋りながら神社への道を歩いた。

さすがに年に一度のお祭り、しかも気前よくタダ酒が樽《たる》で振る舞われるとあって、急な石段の続く参道は、地元の人々でごった返している。

息を乱しながら、それでも人波に従ってゆっくりと石段を登り切ると、無駄に広い境内には、石畳の参道を挟むように露店がぎっしりと並ぶ、実に華やいだ光景が広がっていた。客を呼び込む店の人々のだみ声も、参拝客の歓声も、今日だけは大っぴらに許されている。

皆が、神様と同じ御神酒《おみき》を酌み交わし、大らかに夏の夜を楽しむ……それが、日々暦神社の氷室祭なのだ。禁止されているのは、泥酔して他人に迷惑をかけること、それだけである。

正面に見える拝殿も、今夜だけは盛大にライトアップされていて何とも神秘的で美しい。

「みんな、はぐれないようにね。はぐれたら二度と会えないよ、これじゃ。まあ、別に流れ解散だから、それでもいいんだけど。……あ、マリ。ちょっと待って」

ヒイラギにかわって皆を引率しているシロタエだが、これといって団体行動を貫く気はないらしい。何ともふんわりした注意をしながら、並んで歩くアマリネの袖を引いた。

「何だ？　どした？」

アマリネは、シロタエが右足を上げ気味のままにしているのに気付くと、彼を庇いながら、器用に人混みを掻き分け、参道の脇に出た。露店のない灯籠《とうろう》の横で、シロタエの傍らに片膝をつく。

「さっきから、ちょっと右足が痛いんだ。たぶん……」

「ああ、靴擦れ……いや、鼻緒擦れか。ちょこっと火傷みたいになってんな。ちょっと待ってろ。下駄の上に足載っけて、しんどかったら俺の肩に手ぇついてていいからよ」

そう言うと、アマリネは提げていた小さな信玄袋から絆創膏を出し、シロタエの軽く傷ついた親指と人差し指の間に器用に貼りつけていく。

シロタエは、言われたとおり、自分のほうに屈み込むアマリネの肩に軽く手を置いた姿勢で、意外そうに口を開いた。

「やけに、準備がいいね。それにお前、下駄にも慣れてるじゃないか」

「俺、和小物が好きなんだよ。この袋も下駄も、家で普通に使ってる奴だからな。慣れてるなんてもんじゃねえって。それに絆創膏は、ホントはお前用じゃなくて、ナズナかエイスケが慣れねえ下駄で怪我するんじゃないかと思って入れてたんだ。けどまあ、こうしてあんたの役に立ってよかった。血が出ると、色々めんどくせえだろ。下駄、汚さずに済んでよかったな」

見た目も言動も無愛想だが、意外と面倒見のいい男であるアマリネは、てらいもなくそう応じた。

「……なんだ、僕のためじゃなかったんだ?」

照れ隠しか、少し拗ねた口調でそんなことを言うシロタエに、アマリネは丹念に絆創膏を貼り重ねながら笑って答える。

「あんたは、そつのないタイプだからな。日舞やってたっていうし、下駄でどうこうってのはねえかなと思っただけだっつの。……つか、絆創膏持ってたのが俺でよかったぜ」

「は？」

「他の奴に、あんたがこんな風に寄っかかるのとか……足触らせるのとか。俺は絶対、やだからな」

突然ボソボソとそんな台詞を吐き捨てたアマリネの耳が、見落とす余地もなく赤らんでいる。少し負けた気分になっていたシロタエは、そんなアマリネの様子に、いつもの余裕を取り戻し、ふふんと笑った。

「なるほど。僕の足を堂々と触るチャンスが到来してよかったね」

「ば……ばっかやろ、そういうことじゃねえよ！」

「ふふっ。でも、今回はホントに助かったから、素直にお礼を言っとくべきかな」

手当を終えて立ち上がろうとするアマリネを制止し、シロタエは付き合い始めたばかりの恋人のほうに、今度は自分から身を屈めた。そして、耳元に囁きを落とす。

「ありがと、マリ。こういうときに頼れる男って、ポイント高いよ。ちょっと、グッと来ちゃった」

そんな言葉と共に、頬にチュッと小さなキスを落とす。

「ギャッ！」

いくら人混みから外れているといっても、公共の場、しかも神社の境内での堂々とした行為に、これまた意外なまでの常識人であるアマリネは、ビックリして尻餅をついてしまった。

「お……あ、あんた、こんな場所で何を……」

「お礼を言っただけじゃない。感動しすぎだよ、マリ。さ、行こう。お参りしないと」

青くなったり赤くなったりするアマリネの顔を面白そうに見下ろし、シロタエはクスクス上機嫌に笑いながら片手を差し出す。

「……くっそー。いいように俺を翻弄《ほんろう》して遊びやがって」

「そこがいいんでしょ？」

目の前で艶やかに笑う、綺麗な顔。紺地の浴衣からスッと伸びたたおやかな白い手を、「そのとおりだよ」と言う代わりに、アマリネは力強く握り締めた……。

「あれっ？　シロタエさんとマリさん、どこ行っちゃったんだろ」

人混みの中であちこちキョロキョロするナズナに、タンジーはやれやれというように頭を振った。

「はぐれんな言うた奴が、言うた端からこれや。まあ、この混雑やししゃーない。ヒイラギらもおらんのやから、また会えたらそれでよし、会えんかったらそれもよしや。俺らだけで回ろか」

「回る回る！　タンジーもナズナさんも、射的やろうよ、射的！　あっ、ヨーヨー釣りと金魚すくいも！　あとリンゴ飴《あめ》食って、タコヤキ食って、焼きそば食って、お土産にベビーカステラとか綿菓子とか買って……」

店を出てからずっとはしゃぎっ放しのエイスケは、息苦しいほどの混雑と蒸し暑さなどお構いなしで、弾んだ声を上げる。タンジーは、初めて見るエイスケのそんな姿に、あからさまに面食らいながら両の手のひらを軽く上下に振った。

「待て待て！　落ち着けお前」

「だって！　お祭りなんて、俺、初めて来たんだもん。うわー、噂には聞いてたけど、マジで露店とか、提灯《ちょうちん》ずらーっ、とかって実在するんだな。ドラマのセットみたい」

いつもの斜に構えた態度はどこへやら、まるで幼い子供のように目を輝かせるエイスケの姿に、タンジーとナズナは思わず顔を見合わせ、小さく笑った。

「まあまあ、待ってよエイスケ君。店を覗くのは、参拝を済ませてからだよ」

「えー、そうなの？　だけどさあ、神様なんか拝んだってしょうがないじゃん。そんな暇があるなら、地道に努力すりゃいいのに。あっ、俺今いいこと言った！」

「こらっ。確かに何やめっちゃええこと言うた気はするけど、頼むからここで言うな、それを。ちょっとは空気読め」

「ええーっ？　何、タンジーって意外と人の顔色見るタイプ？」

「アホか！　そういうことちゃうわ。神さんの近くでそないなこと言うたら、バチ当たるて言うとんねん」

人混みの中を自由に泳ぐ魚のように、エイスケはフラフラと興味をそそられたほうへ行ってしまいそうになる。

（ああクソ、こない混んどったら、誰も見んか）

たまりかねたタンジーは、そう自分に言い聞かせ、エイスケの手を取った。さすがにビックリしたエイスケも、すぐに満面の笑みで握り返してくる。ナズナがいようがいまいが、エイスケの中では、これは最高に盛り上がるデートなのだろう。

ところが、そこに最悪のタイミングで登場した人物がいる。他でもない、日々暦神社宮司の鹿郎である。

さすがに晴れの日だけあって、いつもより豪華な装束を身につけた鹿郎は、タンジーの顔を見るなり、ホッとした様子で駆け寄ってきた。いつも落ち着き払った彼にしては、実に珍しい行動だ。さすがに大きな祭りの日には、宮司はてんてこ舞いなのだろう。

「やあ、素晴らしいタイミングで！　しかもいちばんいい人物が！」

「こんばんは。どうかしたんですか、宮島さん？」

ナズナが声を掛けると、鹿郎は「どうかしたんだよ。ただし、いい人物ってのは君じゃなくてタンジー君なんだけどね」といささか失礼なコメントを発し、視線をタンジーに向けた。

若干の嫌な予感を覚えつつ、タンジーは鹿郎に挨拶をした。

「どうも。どないかしはったんですか？」

すると鹿郎は、一同を脇へ引っ張っていき、こう切り出した。

「悪いんだけど、タンジー君。ちょっと力仕事を頼まれてくれないかな」

「力仕事、ですか？」

「うん。そろそろ樽酒が切れるから、次の大樽を運んでこなきゃいけないんだけど、重いでしょう？　運べる人間がいなくてね。困ってたところだったんだ」

鹿郎の弱り切ったと言わんばかりの声音にふんふんと頷きつつ、タンジーはふと首を捻る。

「別にかめへんですけど、地御前《じごぜん》酒店の人が来てはるんやないんですか？」

すると鹿郎は、苦笑いで首を振った。

「今年は、地御前さんのところの息子が納品や運搬をやってくれてるんだけどね。彼、その手の仕事に慣れてないもんだから、大樽を担《かつ》ごうとした瞬間、やっちゃったみたい。ここを、こう、グキッて」

そう言って、鹿郎は自分の腰に手を当ててみせる。ナズナは、「あちゃー」と声を上げた。事情を把握したタンジーは、即座に頷いた。

「わかりました。ほな、俺が運びます」

「本当に？　そりゃ助かるよ～」

鹿郎は大袈裟なほど安堵してみせたが、そこであっさり「頑張ってきて」と言えるほど大人ではないのがエイスケである。

「えー！　タンジー、行っちゃうの!?」

すぐさまハムスターのように頬を膨らませ、いかにも不満げにタンジーの浴衣の袂をギュッと握った。そんな子供じみた恋人の仕草に、タンジーはホロリと複雑な笑みを浮かべる。

「すぐ戻る。それまで、ナズナとおれ。参拝済まして、遊んどったらすぐや」

「ぶー」

「むくれとらんと。知り合いが困っとんのに、ほっとかれへんやろ？　……ナズナ、悪いけど頼むで」

「はいっ。見つけられなかったら、ケータイ鳴らしてください。マナーモードにしときます」

「すまんな。ほな、また後で」

　タンジーの大きな身体は、鹿郎と共に拝殿のほうに消えていく。それを見送り、それまで膨れっ面だったエイスケは、今どきの子らしい変わり身の速さで、クルリとナズナに向き直った。

「もう、しょーがないな、タンジーは。人がいいんだから。でも、そこがいいんだよね。じゃあ、俺が特別に遊んであげるよ。行こ、ナズナさん！　金魚すくいとか、ナズナさんもやってみたいだろ？」

　そう言うなり、エイスケは「金魚すくい」の幟《はた》がはためく前方の露店に向かって、スタスタと歩き出す。

「ちょっと待って。何で僕が遊んでもらう立場になってるのさ。少しとはいえ年上なんだからさあ、せめてもうちょっと、欠片だけでもリスペクトを……って、聞いてよ！　まったくもう。参拝が先だって言ってるのに」

ほぼ同級生扱いされている自分では、エイスケのテンションを抑えきれそうにない。

「ああもう、神様、すみません！　あとで必ずお参りに行きますから」

拝殿を向いて早口に謝ると、ナズナは大急ぎで、スキップしそうな勢いで露店に真っ直ぐ向かうエイスケの後をあたふたと追いかけた……。


その頃、ヒイラギは、畳の上にしどけなく手足を投げ出し、まだ荒い息が整うのを待っていた。

ことを始めた頃にはまだ薄暗かった室内がすっかり暗くなってしまっている。彼にとっては、それがせめてもの幸いだった。まだ、乱された衣服を整える気力はないが、闇がそんな怠惰を許してくれるからだ。

エアコンが効いた室内で、なぜかやけに凪《な》いだような、丁寧に慈しむような抱き方をされたとはいえ、全身が汗ばんでいるのがわかる。

「……んっ」

ずるり、と自分の中からネコヤナギが出ていくのを感じ、ヒイラギは掠れた声を漏らした。

セックスの後、男がたちまち我に返るのは、動物だった頃の防衛本能の名残だ……と、以前、ネコヤナギが寝物語に聞かせてくれたことがある。

それが本当かどうかは知らないが、確かに、熱を放ち、グッタリと脱力したときに感じる、恋人の楔《くさび》が抜かれる感じには、それが押し入ってきたときよりも倍以上の恥じらいを感じるヒイラギである。

思わず小さく寝返りを打ってネコヤナギに背を向けると、そんなヒイラギの気持ちなどお見通しなのか、傍らに寝そべったネコヤナギは低く笑い、自分の浴衣を恋人の身体にふわりと着せかけた。

「せっかくのお前の浴衣を、皺だらけにしてしまわずに済んでよかった。咄嗟《とっさ》に脇にどけておいたわたしは冴えているね」

そんなふうにしれっと嘯《うそぶ》く恋人に、ヒイラギは思わずもう一度寝返りを打ち、向き直ってしまう。暗がりでも、闇に慣れた目には、恋人の悪びれない笑顔がぼんやりと見えた。

「何を仰ってるんですか！　こんなときに、こんなことを始めなければ、遅れるなんて連絡をせずに済んだんですよ」

確かに強引に仕掛けてきたのはネコヤナギだが、応じてしまったのは自分だし、途中からはすっかり夢中になってしまった。それを思えば文句を言う筋合いではないのだが、この後、スタッフたちに会ったときの自分のいたたまれなさを思うと、ネコヤナギに悪態をつかずにはいられないヒイラギである。

そんなヒイラギの心境はパーフェクトに理解しているのだろう。ネコヤナギはいつもの涼しい笑顔で、ヒイラギの額に張り付いた前髪をそっと掻き上げ、さりげなく問いかけた。

「そういえば、さっきは誰に電話したんだい？」

「ナズナです」

「ああ、なるほど。いかなお前でも、こういうときはいちばん当たり障りのない相手を選ぶんだね」

手枕で横たわり、ニヤニヤと笑う恋人の顔を、ヒイラギはまだ火照った顔で恨めしそうに睨んだ。

「仕方ないでしょう。他のスタッフには……その、色々と事情が知れているわけですし」

「ナズナにも、だいたいは知れていると思うがね。まあ、それでも他の連中よりはマシか」

「……はい」

少し拗ねた顔で返事をして、ヒイラギは青々とした畳に頬を押し当てた。ヒンヤリした畳が、熱い頬に心地よい。

「それにしても、どうして急にこんな……？」

こんなことをする気分になったのか、とは言わず言葉を濁したヒイラギに、ネコヤナギは悪びれる様子もなく即座に答えた。

「思い出したから」

ヒイラギは、眼鏡がどこにあるかわからないまま、軽く目を細め、恋人の表情を窺った。

「何をです?」

「……あの日の、お前を」

短い、しかも単刀直入なネコヤナギにしてはやけに抽象的なもの言いだったが、それでも十分過ぎたらしい。ヒイラギの顔が、みるみる強張っていく。そんな彼の頬に、大丈夫だよと言うように温かな手のひらをあてがい、ネコヤナギは静かに言った。

「夜みたいに暗い、雨の日の午後のことだったね。お前が、傘もささずにずぶ濡れになってうちに来たのは。銀行員として最初のお客さんだった町工場の経営者が、融資を断られて自殺したと……お前はわたしが差し出したタオルを断って、震える声でそんな話をして、喋りながら泣き崩れた」

どんなに時間が過ぎても癒えない傷口に触れられ、ヒイラギは苦しげに顔を歪める。それでも、ネコヤナギが嗜虐《しぎゃく》目的でその事件に言及するはずがないと信じているだけに、彼は恋人の話を遮りはしなかった。

ネコヤナギも、普段は決して見せない真剣な、けれど懐かしそうな顔で、ヒイラギを見つめている。

「あのときは正直、厄介なことになったと思った。でもね、ヒイラギ。このままお前を帰したら、今度はお前が首を吊るんだろう。わたしはそう確信していたし、お前を死なせたくなんかなかったんだ。何度も言ったことだけれど、わたしはお前に一目惚れしていたからね」

「ネコヤナギさん……」

「守ってやりたい。もっと伸びやかに生きさせてやりたい。そう思ったから、羽織っていた丹前でお前をくるんで抱き締めた。お前をわたしのものにしよう、受けた傷は一生ものかもしれないが、それでもわたしの傍でもう一度笑うお前の顔が見たい、必ず笑わせようと決めたんだ。さっき、そのときの自分の気持ちを思いだして、つい、ね」

「ああ……浴衣を羽織ったから、ですか」

「うん。おかげで年甲斐もなく盛り上がってしまった。ふふ、わたしもまだまだだね」

つらい過去を口にした反動のように、ネコヤナギは小さく笑って、ヒイラギを抱き寄せた。ヒイラギも、抗わず身を任せた。汗が引き始めた互いの肌は、触れ合うとヒンヤリとしている。

「泣きじゃくりながら、すみませんと謝り続けるお前を抱き締めたときの胸の痛みは、わたしの中にもずっと残っているんだよ。……ねえ、ヒイラギ」

「はい」

ネコヤナギの胸に頭を預け、ヒイラギは静かにいらえる。

「ここにいて……わたしといて、幸せかい？」

だがそう問われて、ヒイラギはさすがに驚いた顔で頭を上げた。

「なぜ、急にそんなことを？」

ネコヤナギは、照れ臭そうに片手で頬を掻く。

「我ながら今さらだけれど、思い出したらずいぶんと強引だったと思ってね。お前がすっかり参ってしまってうちの座敷で寝込んでいる間に、わたしはお前に銀行を辞めさせ、くろねこ屋を開くことに決め、お前を店長に定め……何より、お前を自分の恋人にした」

「…………」

ヒイラギは、仰向けに横たわったまま話し続けるネコヤナギの顔を、どこか不安げな顔で見下ろす。その頬を愛おしげに撫でながら、ネコヤナギはもう一度問いかけた。

「お前は、今の生活が好きだと前に言ってくれたけれど、本当かい？　それに、わたしはお前に一目惚れだったけれど、お前はいつ、わたしに恋してくれたんだろう。本当に今さらだけれど、そのタイミングが未だにわからない」

すると、いつになっても恋愛に関する話が苦手なヒイラギは、決まり悪そうに視線を泳がせた。

「俺は、本当に今の生活が好きです。店長の仕事もどうにかやれていますし、スタッフもみんな俺をよく助けてくれますし、お客様もいい方ばかりです。……ですが……あなたにいつから恋云々というのは、もう、俺も忘れ……」

「嘘だよ。お前は誰より几帳面だもの。絶対に覚えているはずだ。……いつだい？」

「うう……」

執拗《しつよう》に問われ、促すように口角の脇を親指の腹で撫でられて、ヒイラギはいかにも渋々口を開いた。

「あなたが……俺が寝ているとき……いえ、俺が寝ていると思っていたとき……」

「うん？　お前がうちで寝込んでいた頃のことかい？」

ヒイラギは頷き、目を伏せて小さな声で言った。

「あなたの手が頭を撫でる感触で、目が覚めたんです。でも、あまりにも気持ちがよくて、目を開けたらあなたがやめてしまうと思ったら、寝たふりを続けずにいられなかった。そのとき、あなたが」

「わたしが、何か言ったかい？」

「君が君の命をどうしようと、世界は変わらないんだよ……と」

胸に大事にしまっていた言葉を、ヒイラギはそっと取り出して声に載せる。ネコヤナギは、照れたように顔を歪め、「そんなことを言ったかな」と嘯いた。

しかしヒイラギは、淡く微笑んで頷く。

「はい。まるで独り言のような調子で、君が罪悪感で命を絶ったとしても、世界には何の影響もない。ただ、無数の命のうちの一つが消えるだけだ……そう仰いました」

「おや。ずいぶんと薄情なことを言ったね」

「いいえ。……それから、だけどこの家という小さな世界には、わたしと君しかいない。わたしをたった一つの命に……ひとりぼっちしないために、とりあえずしばらくは生きてみてくれないだろうか。そうしてくれたら、わたしは嬉しいのだけれど、と。それを聞いたとき、罪の意識と絶望感しかなかった俺の心に、とても小さな火が点ったような気分になったのを覚えています」

「……そう」

「はい。何もできない、みすみすお客様を死なせてしまった俺なんかでも、生きて傍にいるだけで、この人は喜んでくれるんだ……そう思ったら、あんな酷い状態のときだったのに、嬉しくなりました。きっと……あのとき、だと思います。俺があなたを好きになったのは」

「初めて打ち明けてくれたね」

灯りも点けない室内で、障子から漏れいる月の明かりが、二人の姿をほの白く浮かび上がらせている。

ネコヤナギは嬉しそうに、ヒイラギをギュッと抱き締めた。

「そうなんだよ。お前はことある毎に、わたしに救われたというけれど、わたしもお前に救われた。お前が来て初めて、わたしはそれまでの自分は孤独だったんだと気付けたんだからね」

「孤独……ですか?」

「うん。お前がそうやって静かに待っていてくれるから、買い付けの旅から家に帰るのが楽しみになった。お帰りなさいと言ってくれる人、顔が見たい、抱き締めたいと思う人が家にいるというのは、なんとも素敵なものだねえ、ヒイラギ」

「……それに関しては、俺は待つほうですから、同意のしようはありません」

こんなにロマンチックな状況でも、ヒイラギは実にまっとうなことを口走る。いじらしさと冷静さが見事に同居した恋人の面白さに、ネコヤナギはヒイラギを抱いたままで笑った。

「なるほど、そりゃ仰るとおりだ」

「ですが、俺は……あなたにお帰りなさいを言うのが、何というか、好きです」

「……そうかい。それは嬉しいね」

何だかむず痒いやり取りに照れて、ネコヤナギは変な笑い方をした。そして、ヒイラギを解放して身を起こす。

「それはそうと、氷室祭に顔を出さないというわけにもいかないだろうね」

「勿論です。宮島さんに申し訳ないですし、スタッフのことも気になります」

素晴らしいスピードで気持ちを切り替えたらしく、ヒイラギもそもそ起き上がって、腕時計に視線を落とした。

「午後八時……まだ、お祭りは終わってはいないでしょう」

「うん。お前の浴衣姿も見せびらかしたいし、リンゴ飴も食べさせたいし」

そんなことを言いながら、ネコヤナギは立ち上がり、浴衣の乱れを手早く整える。ヒイラギは、手櫛《てぐし》で髪を直しながら怪訝そうに訊ねた。

「食べさせたい？　俺にですか？」

「うん。食べさせたら、きっと可愛いだろうと思って」

「うっ……。も、もう、そんなものを食べる歳では」

「食べ物に、若いも年寄りもないよ。美味しいじゃないか、リンゴ飴」

「まあ……リンゴに飴をかけただけですから、まずいはずはありませんが」

「うん。何よりも食べた後、唇がほんのり赤くなるのがいいんだよ。ああ、楽しみだ。早く行かなくては」

「！」

それが目的か、とヒイラギは青くなる。しかしネコヤナギは鼻歌交じりに自分の着付けを直すと、安全な場所にどけてあったヒイラギの浴衣をバサバサと広げ始めた。

「さあ、今度こそちゃんと着せてあげよう。その中途半端に身体にへばりついた服を、早く脱いでしまいなさい」

「……中途半端なことになさったのはどなたですか！」

さすがに尖った声を上げるヒイラギに、ネコヤナギは愉快そうに笑い声を上げる。

そんなふうに、それぞれの氷室祭の夜は、賑やかに、あるいはほっこりと、過ぎていったのだった……。

あとがき
友達がさぁ
しみじみ
友達か…良かったなぁ…ほんまに
いや…待てぇよ…そいつどんな奴や
ちゃんと損得抜きで付き
あ!!
それジェラシーってやつ!?
ねぇ?
ねぇ
違う…違うはずや…
違うぞ!

槙野先生と一つの世界を共有させていただけて幸せでした！
ネコヤナギさんのキャラデザが一番悩んだのですが、思い切って妖しい系にして良かったと思っています。

あとがき

こんにちは、椹野《ふしの》道流《みちる》です。このたびは、「くろねこ屋歳時記《クロニクル》 壱の巻」を手に取っていただき、ありがとうございます！

この作品は、「Canna」誌上において、くもさんとのコラボでやらせていただいていたものです。私が主に「くろねこ屋」のスタッフにまつわる小説を書き、くもさんは挿画と、「くろねこ屋」に近しい人々、あるいは「くろねこ屋」を訪れるお客さんたちのマンガを描いてくださいました。

くもさんのマンガは、Cannaコミックスからやはり「くろねこ屋歳時記《クロニクル》」のタイトルで発売されており、本作は、私が担当する小説プラス、くもさんの挿絵と四コママンガを収録したものとなっています。よろしければ、そちらも合わせてご覧くださいませ。

歳時記と銘打ったとおり、ストーリーは季節に沿って進み、店員たちの恋模様も、少しずつ移り変わっていきます。

どのお話も穏やかで、大波乱もドラマチックに燃え上がるものも存在しない優しい日常風景ばかりですが、それだけにできる限り丁寧に、細やかに、人の心を描きながら物語を綴る努力をしたつもりです。

この話を書くにあたって、色々なカフェを巡りました。どこも素敵でしたが、それでも感じたことは、本当にくつろげて、なおかつ美味しいものが食べられるカフェは、そうそうありはしないのだな……ということでした。

インテリアが垢抜けすぎていて隙がなく、どうにも落ち着かなかったり、盛りつけはお洒落だけれど薄ぼんやりした味の料理を出されたり、構われ過ぎて早く帰らなくてはならない気分になったり、アーティスト気質の店員に粗略に扱われる雰囲気だったり……。

そのフラストレーションを元に、自分が行きたい店はこうなんだ、とイメージを固めたのが「くろねこ屋」でした。

ここなら、素敵な店員たちが働く姿と、素敵な庭を眺めながら、本当に美味しいものを味わって、のんびりできるんだろうな……と。

皆さんも、「くろねこ屋」のお客さんになったつもりで、ゆったりとおつきあいいただけましたら幸いです。

何よりこの作品は、くもさんとお仕事がしたいという私の切なる願いから始まったので、誰よりも私自身にとって嬉しい、大切なものとなりました。

お目にかかったことがないばかりか、直接お話をしたこともないのに、何故かくもさんとは詳細に打ち合わせをしなくても、本当に不思議でした。キャラクターや店の設定、物語の流れなどがスムーズにまとまっていき、我々の頭の上に、もしかすると「くろねこ屋クラウド」みたいな、謎の共有空間があるのかもしれません。

本当に、幸せな経験をさせていただき、ありがとうございました。

その機会を与えてくださった担当Nさんにも、本を手にしてくださった皆さんにも、感謝の気持ちでいっぱいです。

実は「壱の巻」と銘打ってあるだけに、「弐の巻」も続きます。そちらもお楽しみいただけましたら本当に嬉しいです。ではでは、そちらでまたお目に掛かります。ごきげんよう。

槙野　道流　九拝

くろねこ屋歳時記《クロニクル》
壱《いち》の巻《まき》

プラチナ文庫をお買いあげいただき、ありがとうございます。
この作品を読んでのご意見・ご感想をお待ちしております。

★ファンレターの宛先★
〒102-0072　東京都千代田区飯田橋3-3-1
プランタン出版　プラチナ文庫編集部気付
椹野道流先生係 / くも先生係

〈初出誌〉
その1 くろねこ屋へようこそ／ナズナ編…オリジナルボーイズラブアンソロジー Canna Vol.1
その2 懐に入れた子猫／タンジー編…オリジナルボーイズラブアンソロジー Canna Vol.1
その3 店長の恋人／帰ってきたネコヤナギさん編…オリジナルボーイズラブアンソロジー Canna Vol.3,5
その4 それぞれの時間／くろねこ屋の休日編…オリジナルボーイズラブアンソロジー Canna Vol.3,5
その5 夏祭りの夜…書き下ろし

各作品のご感想をWEBサイトにて募集しております。
プランタン出版WEBサイト http://www.printemps.jp

著者——椹野道流(ふしの みちる)／くも
発行——プランタン出版
発売——フランス書院
〒102-0072　東京都千代田区飯田橋3-3-1
電話(営業)03-5226-5744
　　(編集)03-5226-5742
印刷——誠宏印刷
製本——若林製本工場

ISBN978-4-8296-2550-7 C0193